Leeanne M. Krecic

Let's Play

Teil 2

Leeanne M. Krecic

Let's Play

Teil 2

Ins Deutsche
übertragen von
Bettina Ain

LYX

LYX in der Bastei Lübbe AG

Die Bastei Lübbe AG verfolgt eine nachhaltige Buchproduktion.
Wir verwenden Papiere aus nachhaltiger Forstwirtschaft und verzichten darauf,
Bücher einzeln in Folie zu verpacken. Wir stellen unsere Bücher in Deutschland
und Europa (EU) her und arbeiten mit den Druckereien kontinuierlich an einer
positiven Ökobilanz.

Die Originalausgabe erschien 2020 unter dem
Titel „Let's Play – Volume 2" bei Rocketship Entertainment, LLC.
Copyright © 2020 by Leeanne M. Krecic

Textredaktion: Anja Arendt
Herstellerin: Theresa von Zepelin
Umschlaggestaltung: © Thomas Krämer unter Verwendung
von Motiven von © Leeanne M. Krecic
Satz: Datagrafix GSP GmbH, Berlin
Gesetzt aus der Anime Ace 2.0 BB
Druck und Verarbeitung: Druk-Intro SA

Printed in Poland
ISBN 978-3-7363-2013-0
1 3 5 7 6 4 2

Weitere Informationen unter:
lyx-verlag.de
luebbe.de | lesejury.de

Fortsetzung

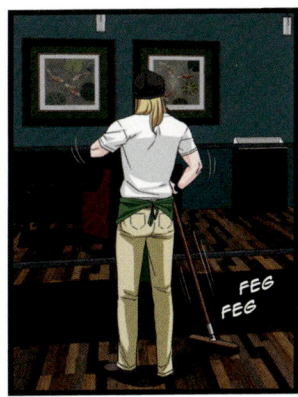

WIR HABEN IM COLLEGE VIEL ZEIT MITEINANDER VERBRACHT, NICHT WAHR?

JA, SCHON.

WIR HABEN JAHRELANG ZUSAMMENGEWOHNT.

ICH ERINNERE MICH, DASS DU IN DIESER ZEIT NIE MIT JEMANDEM AUSGEGANGEN BIST, RICHTIG?

ÄH, NEIN, NICHT WIRKLICH.

WENN ANGELA UND VIKKI DABEI WAREN, HABEN DIE MEISTEN TYPEN KEINE NOTIZ VON MIR GENOMMEN.

ICH WAR DAS FÜNFTE RAD AM WAGEN.

AUSSERDEM WAR ICH NIE BESONDERS GESELLIG.

ICH WAR MEIST FÜR MICH.

VERSTEHE, ABER *WOLLTEST* DU JE MIT JEMANDEM AUSGEHEN?

ICH ...

ÄH ... ÄHM.

WAS ICH DAMIT SAGEN WILL ...

SAM, BIST DU ACE?

ACE?

WAS IST DAS?

DAS STEHT FÜR „ASEXUELL".

FÜR LEUTE, DIE KEINE ODER KAUM SEXUELLE GEFÜHLE FÜR AN-DERE HABEN.

D-DAS WÜRDE ICH NICHT ...

UNBEDINGT SAGEN.

ICH ... ICH FINDE MÄNNER SCHON ATTRAKTIV.

ES IST NUR SO ...

5

ALS ICH NOCH JÜNGER WAR, WOLLTE MEIN DAD NICHT, DASS ICH MIT ANDEREN AUSGEHE.

ICH WEISS, DASS ICH MAL ENKELKINDER HABEN WILL.

ABER ICH WILL AUCH ALLEN JUNGS DEN HALS UMDREHEN, DIE DIR ZU NAHE KOMMEN.

ES IST KOMPLIZIERT.

ALS ICH AUFS COLLEGE KAM, WAR ICH IMMER NOCH TOTAL UNBEHOLFEN.

ES WAR MIR PEINLICH ... ICH HATTE ANGST, DASS EIN TYP MERKT, WIE UNERFAHREN ICH BIN

UND DESHALB WENIGER VON MIR HALTEN WÜRDE.

SAM, EIN GUTER MENSCH WÜRDE WEGEN SO ETWAS NIE WENIGER VON DIR HALTEN.

TATSÄCHLICH WÜRDE SICH EIN TYP VERMUTLICH SOGAR FREUEN, DASS ER DER ERSTE IST, DER DEINE JUNGFRÄULICHEN GEFILDE ERKUNDEN DARF.

KÖNNEN WIR BITTE ÜBER WAS ANDERES REDEN?

SAM, ICH SPRECHE ES NUR DESHALB AN, WEIL ...

ALS LINK DICH LETZTENS INS KINO EINLADEN WOLLTE, HAT ER NICHT AUS FREUNDSCHAFT GEFRAGT.

ES SOLLTE EIN DATE SEIN.

A–A–A–ABER WARUM?

WIR SIND DOCH NUR F–F–F–F–FREUNDE!

DARUM DATET MAN, SCHATZ.

UM HERAUSZUFINDEN, OB MAN WAS ANDERES ALS „NUR FREUNDE" SEIN WILL.

7

LÄCHEL

A-A-A-ABER WARUM SOLLTE ER AN MIR INTERESSE HABEN?

FLÜSTERT

MACH DICH NICHT SELBST KLEIN, SAM.

LINK IST EIN LIEBER KERL, DER SIEHT, WAS DU ZU BIETEN HAST.

DESHALB WOLLTE ICH MIT DIR DARÜBER REDEN.

W-WAS SOLL ICH TUN?

DAS KOMMT DRAUF AN.

HÄTTEST DU INTERESSE DARAN, MIT IHM AUSZUGEHEN?

ICH ...
ICH ...
ICH ...
[STOTTERN
UND SCHWITZEN
WIRD STÄRKER]

DANN ÜBER-
LEG DIR, WAS IHR
BEIDE ZUSAMMEN
UNTERNEHMEN KÖNN-
TET, UND LADE
IHN EIN.

ICH
SOLL IHN
EINLADEN?!

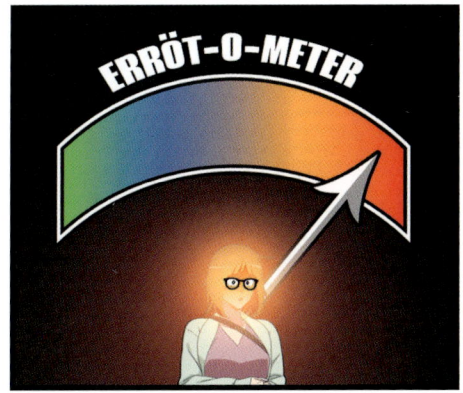

ERRÖT-O-METER

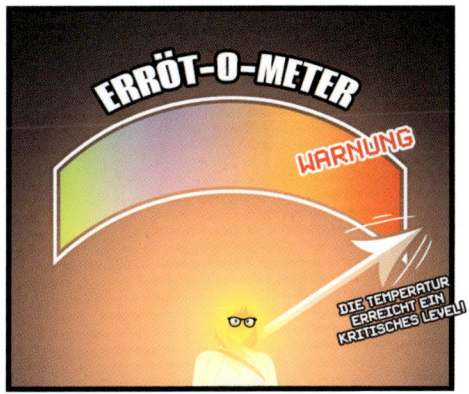

ERRÖT-O-METER

WARNUNG

DIE TEMPERATUR
ERREICHT EIN
KRITISCHES LEVEL!

STRAHL

BEI GENAUERER BETRACHTUNG SOLLTEST DU DIR DAS VIELLEICHT NOCH MAL ÜBERLEGEN.

JA, DAS WÄRE WOHL DAS BESTE.

GESCHMOLZEN

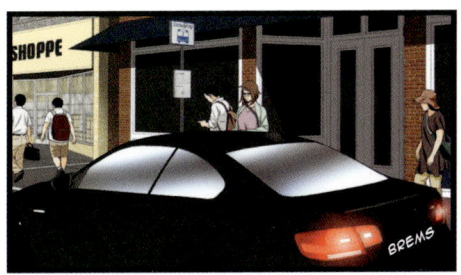

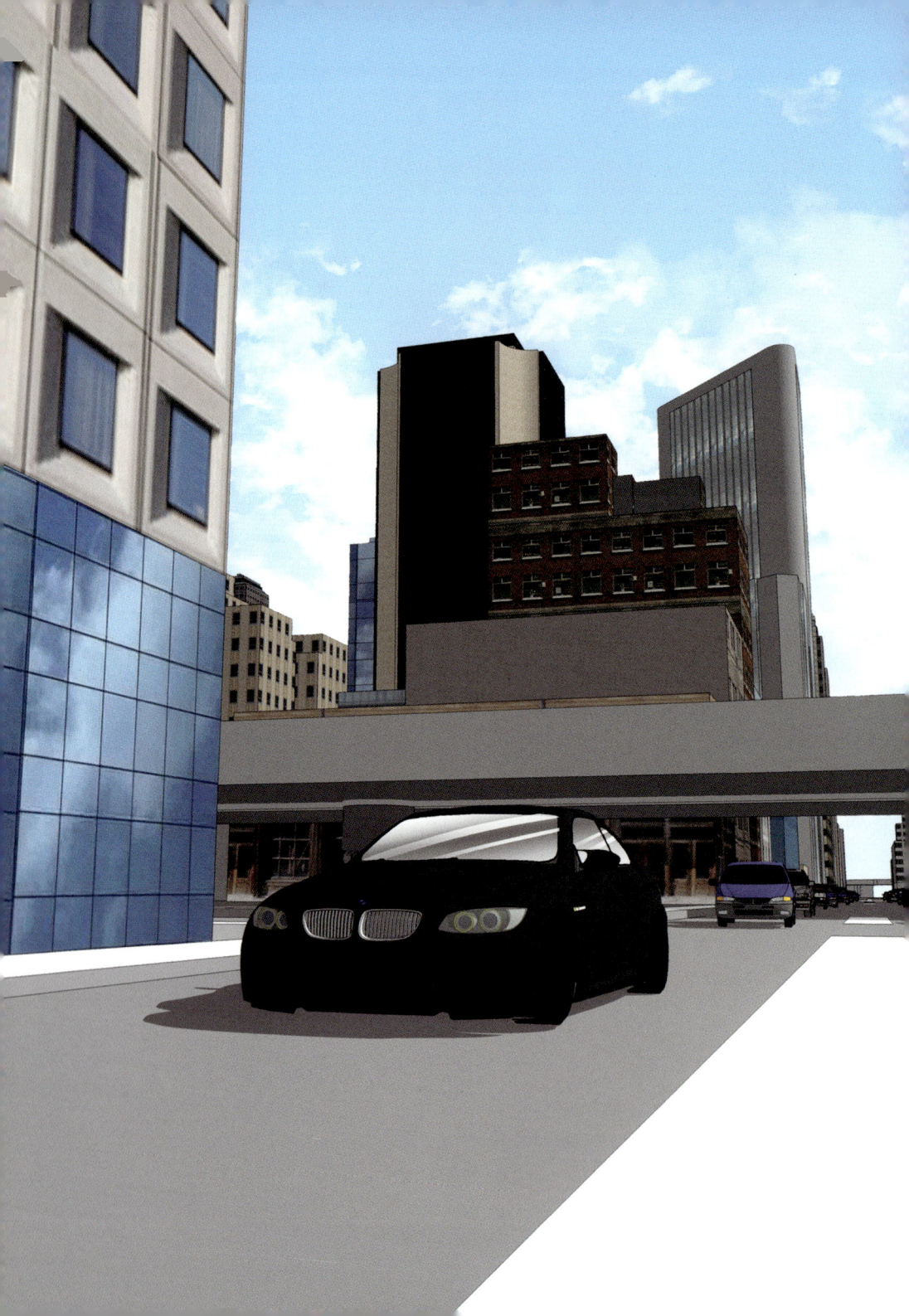

DANKE NOCH MAL, DASS SIE ES MIR GELIEHEN HABEN.

KEINE URSACHE, MISS YOUNG.

AN IHNEN SAH ES OHNEHIN BESSER AUS ALS AN MIR.

SIE KÖNNEN DAS HEMD AUF DIE RÜCKBANK LEGEN.

WOW, DAS IST DIE GRÖSSTE SPORTTASCHE, DIE ICH JEMALS GESEHEN HABE.

ACH, DAS IST KEINE SPORT-TASCHE.

DARIN BEFINDET SICH MEINE FECHTAUS-RÜSTUNG.

SIE FECHTEN?!

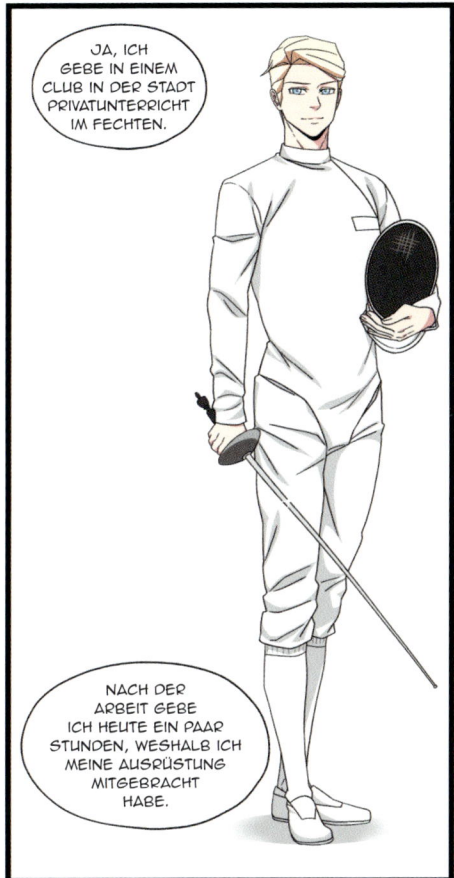

JA, ICH GEBE IN EINEM CLUB IN DER STADT PRIVATUNTERRICHT IM FECHTEN.

NACH DER ARBEIT GEBE ICH HEUTE EIN PAAR STUNDEN, WESHALB ICH MEINE AUSRÜSTUNG MITGEBRACHT HABE.

WOW, ICH HATTE KEINE AHNUNG, DASS SIE SO WAS MACHEN!

RICHTIGEN SCHWERT-KAMPF!

SOZU-SAGEN, JA.

FALLS SIE INTERESSE DARAN HABEN, MEHR ZU ERFAHREN, KÖNNEN SIE GERN BEIM CLUB VORBEISCHAUEN UND SICH DIE SACHE MAL ANSEHEN.

DORT SUCHT MAN IMMER NACH NEULINGEN, UM MEHR MITGLIEDER ZU GEWINNEN.

AUSSER-DEM ...

15

KÖNNTE DAS EIN SPORT SEIN, DER IHR ASTHMA NICHT VERSCHLIMMERT, DA AUF RASCHE AKTIONEN LANGE RUHEPHASEN FOLGEN.

ZUMINDEST AUF AMATEUR-LEVEL.

W-WOHER WISSEN SIE, DASS ICH ASTHMA HABE?

IM BÜRO HATTE ICH NOCH NIE EINEN ANFALL.

ALS SIE VOR EINEM JAHR ANGEFANGEN HABEN ...

WURDE UNSER BÜRO VOM VIERTEN STOCK IN DEN ERSTEN VERSETZT, DAMIT SIE DIE TREPPE NICHT NUTZEN MUSSTEN.

IHR VATER HAT IN FILTER FÜR DIE KLIMAANLAGE IM BÜRO INVESTIERT, WAS EIN KLEINES VERMÖGEN GEKOSTET HAT.

IN DEN ERSTE-HILFE-KÄSTEN AUF DEN TOILETTEN BEFINDEN SICH ADRENALIN-SPRITZEN, DIE LUCY AUSTAUSCHT, WENN SIE DAS VERFALLSDATUM ÜBER-SCHRITTEN HABEN.

UND BEI MEINEM BEWERBUNGSGESPRÄCH WURDE ICH GEFRAGT, OB ICH HERZ-LUNGEN-WIEDERBELEBUNG LEISTEN KANN.

WOW, DAS IST BEEINDRUCKEND, DASS SIE DAS AUS ALL DEM KOMBINIERT HABEN.

ICH MUSS GESTEHEN,

DASS IHR VATER IHR ASTHMA VOR EINER WEILE BEIM MITTAGESSEN ERWÄHNT HAT.

ABER DAS ERKLÄRTE MEINE VORHERIGEN BEOBACHTUNGEN.

MEIN DAD MACHT SICH ÜBERTRIEBEN VIELE SORGEN.

TUT MIR LEID, WENN ER IHNEN MEINETWEGEN ÄRGER GEMACHT HAT.

SIE MÜSSEN SICH FÜR NICHTS ENTSCHULDIGEN, MISS YOUNG.

DIE SORGE IHRES VATERS IST ZWAR ÜBERTRIEBEN, ABER LIEBENSWERT

ICH BENEIDE SIE NICHT UM IHRE KINDHEIT MIT SO EINEM „HELIKOPTER-VATER".

ES ÜBERRASCHT MICH, DASS ER SIE NICHT IN EINE BLASE GESTECKT HAT.

ES IST NICHT SO, ALS HÄTTE ER ES NICHT VERSUCHT.

ES IST WIE EIN HAMSTERRAD, MÄUSCHEN.

"LACHT"
DAS ÜBER-
RASCHT MICH
WIEDERUM
NICHT.

ABER MACHEN
SIE IHREM VATER
KEINE VORWÜRFE,
MISS YOUNG.

ER IST EIN
STARKER MANN, DER
NUR SEINE LIEBS-
TEN BESCHÜTZEN
WILL.

ABER WENN SIE
MAL DAMPF ABLASSEN
MÜSSEN ODER INTERESSE
AM FECHTUNTERRICHT
HABEN ...

MEINE TÜR
STEHT IMMER
OFFEN.

BREMS

HALTEN SIE BITTE DEN FAHRSTUHL AUF!

ES DAUERT EWIG, BIS DER WIEDER HIER UNTEN IST!

RENN

AH, DIE FAHRGEMEIN-SCHAFTEN SIND HIER.

STOSS

ÄHM, E-ENTSCHUL-DIGEN SIE.

QUETSCH

LINS

HALLO?

HEY, HAST DU GESTERN ABEND DIE FOLGE VON GAME OF CROWNS GEGUCKT?

NOCH NICHT,
KEINE SPOILER
BITTE!

QUETSCH

BÄM

EIN
MINDESTMASS
AN RÜCKSICHT,
WENN ICH BITTEN
DARF, MEINE
HERREN.

ÄH, JA,
SORRY.

ALLES
IN ORDNUNG,
MISS
YOUNG?

J-JA ...

FLÜSTERT
Lügnerin.

PERS
DIS

SCHAUDER

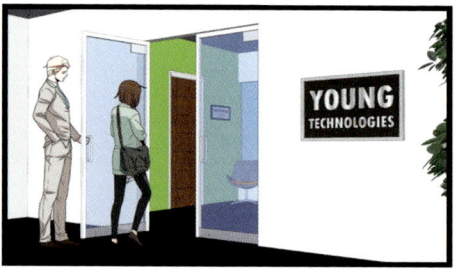

23

WAS HABEN SIE DENEN GESAGT, CHARLES?

NICHTS, DAS NICHT GESAGT WERDEN MUSSTE, MISS YOUNG.

UND DIESE BLUMEN?

FÜR WEN SIND DIE?

DIE SIND FÜR MICH, VON DEM HÜBSCHEN LIEFERBOTEN! ♪

SIEHT SO AUS, ALS HÄTTE MEIN ZAUBER WIEDER EINMAL GEWIRKT! ♫

LACHT

ICH GEH DANN MAL LIEBER IN MEIN BÜRO.

UND ICH SOLLTE DEN KAFFEE ANSETZEN!

EIN PAAR DER TYPEN IM BÜRO WETTEN, DASS LUCY SICH DIE BLUMEN SELBST GESCHICKT HAT.

DAS IST WIRKLICH GEMEIN.

DU HAST DOCH NICHT DARAUF GEWETTET, ODER?

NATÜRLICH NICHT!

ÜBRIGENS, HAT CHARLES DICH ZUR ARBEIT GEFAHREN?

ÄH, JA.

ER HAT MICH AN DER BUSHAL-TESTELLE GESEHEN, NACHDEM ER BEI DER TROCKENREINIGUNG WAR.

ALSO HAT ER MICH MITGENOM-MEN.

HMM, VERSTEHE.

VER-STEHE?

WAS VERSTEHST DU?

27

ICH WOLLTE AUSSERDEM FRAGEN, OB SIE MORGEN ABEND ZEIT ZUM ESSEN HABEN?

ES WÄRE EINE GUTE GELEGENHEIT, ÜBER DAS INTERFACE ZU REDEN UND WIE GUT SIE DA VORAN-KOMMEN.

GANZ UNTER UNS.

GANZ UNTER UNS?

HAT DEE HEUTE MORGEN *DAVON* GEREDET?

IST DAS EIN DATE?

I-ICH WEISS ES NICHT!!!

BLINZELT

MISS YOUNG?

Ja, ich habe Zeit.

Ich habe schon was vor.

Mein Vater wird davon hören!

(Fall mit schäumendem Mund in Ohnmacht.)

Charles Jones
„Haben Sie morgen Abend Zeit zum Essen?"

ICH KANN IHM NICHT SAGEN, DASS MORGEN FREITAG IST UND ICH AN DEM TAG MIT MEINER GILDE RAIDE.

DIESER SCHEISS-BOSS UND SEINE BESCHIS-SENE PHASE!

ER WÜRDE ES NICHT VERSTEHEN, WENN ICH IHM ERZÄHLE, DASS ICH IM SCHLAFANZUG VOR DEM COMPUTER SITZEN UND DIE GANZE NACHT PIXEL ANSCHREIEN WERDE.

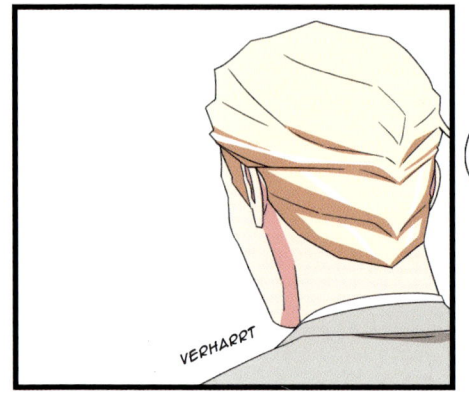

MISS YOUNG, STIMMT ES, DASS SIE NOCH NIE BLUMEN BEKOMMEN HABEN?

VERHARRT

MIR WURDEN NOCH NIE BLUMEN GESCHICKT.

ÄH, JA.

ZUMINDEST VON NIEMANDEM AUSSERHALB MEINER FAMILIE.

SCHANDE.

GUTE NACHT, MISS YOUNG.

G-GUTE NACHT.

OH SAM, MEINE LIEBE. BIN ICH FROH, DICH ZU SEHEN!

ICH WOLLTE MIT DIR ÜBER DEINE MIETE REDEN.

MS WHIPPLE, STIMMT WAS NICHT?

NEIN, ALLES IN ORDNUNG!

ICH WOLLTE DIR NUR SAGEN, DASS DEINE MIETE FÜR DEN REST DES MIETVERHÄLTNISSES BEZAHLT IST.

W-WIE BITTE?!

SIE HABEN DOCH NICHT MEINEN DAD BE- ZAHLEN LASSEN, ODER?!

ICH HAB IHNEN GESAGT, DASS ER ES VERSUCHEN WÜRDE!

OH NEIN, ER WAR ES NICHT.

IHR GUT AUSSEHENDER JUNGER NACHBAR HAT DAS BEZAHLT – IN BAR!

HOHO!

WAS HAT ER GETAN?!

WIE KOMMST DU MIT DEINEM MANSLAYER-COSPLAY VORAN, ANGELA?

SCHAFFST DU ES BIS ZUR EPIC-CON?

DAS NENNST DU EINE WALKÜRE?

VERPISS DICH MIT DIESEM LAHMEN SCHEISS!

KLACK

KLACK

JEPP, UND SOBALD ES FERTIG IST, FANG ICH MIT DEINEM KOSTÜM FÜR DAS MANSLAYER-TRIO AN. [HOCHKONZENTRIERT] DIE ANDEREN BEIDEN KOSTÜME SOLLTEN NICHT SO LANGE DAUERN, WENN ICH MIT DEM SCHNITT DES ERSTEN FERTIG BIN.

WER SOLL DENN DAS DRITTE MANSLAYER-KOSTÜM TRAGEN?

ICH WOLLTE SANDRA FRAGEN.

ICH BRAUCHE DEINE HILFE!

ES IST VON GRÖSSTER WICHTIGKEIT!

KLACK

KLACK

SO HABE ICH MIR DIESE KONFRONTATION NICHT AUSGEMALT.

ABSTELL

WAS ZUM HENKER, MARSHALL?!

DU KANNST LEUTE NICHT EINFACH HOCHHEBEN UND IN DEINE WOHNUNG SCHLEIFEN!

TUT MIR LEID, SAM!

ABER ES IST ERNST!

ICH HAB AUF MEINEM CHANNEL DIESES SPIEL GESPIELT, „KINGSHIP".

KINGSHIP

UND JETZT BEHAUPTET ES, MEINE SICHERUNGS-DATEI WÄRE BESCHÄDIGT, UND ICH KANN DAS SPIEL NICHT MEHR LADEN!

NICHT KINGSHIP, ICH LIEBE DAS SPIEL!

DU HAST DAVON MEHR ALS 40 FOLGEN AUF DEINEM CHANNEL!

DAS IST DEINE LÄNGSTE SPIELREIHE!

ICH MEINE ...

WAS KÜMMERT MICH DAS?

ICH HAB NACH EINER LÖSUNG GESUCHT, UM DEN FEHLER ZU BEHEBEN.

ABER ANSCHEINEND MUSS MAN DAFÜR AN DEN CODE RAN.

FÜR MICH ERGIBT DAS ALLES KEINEN SINN ...

DU BIST DIE EINZIGE, DIE ICH KENNE, DIE DAS PROBLEM BEHEBEN KÖNNTE.

WÜRDEST DU DIR DAS MAL ANSEHEN?

BITTE, SAM.

ICH BIN VERZWEIFELT.

RICHT

TIPP

TIPP

SIEHT FÜR MICH NACH EINEM GEWÖHNLICHEN FEHLER IM SCRIPT AUS.

HEISST DAS, DU KANNST DAS WIEDER RICHTEN?

JA, KANN ICH.

DIE FRAGE IST NUR ...

WARUM SOLLTE ICH?

ICH WEISS, DASS WIR UNSERE DIFFERENZEN HABEN,

ABER BETRACHTE DAS HIER, ALS WÄRE ICH EIN KUNDE, DER UM PROFESSIONELLEN RAT BITTET.

WENN DU ES HINBEKOMMST, DANN NENN MIR EINFACH DEINEN PREIS.

MEINEN PREIS?

DU WIRFST ECHT GERN MIT GELD UM DICH, ODER?

SAGT DIE PERSON, DIE MIR HEUTE MORGEN WORTWÖRTLICH GELD AN DEN KOPF GEWORFEN HAT.

OKAY, SCHON VERSTANDEN.

ALSO ...

WIRST DU MIR HELFEN?

ICH SOLL EINFACH MEINEN PREIS NENNEN?

JA.

IN EINEM VERNÜNFTIGEN RAHMEN, VERSTEHT SICH.

ICH WILL, DASS DU ...

MEIN SPIEL NOCH MAL SPIELST.

DAS IST MEIN PREIS.

TROTZ ALLEM, WAS PASSIERT IST ...

LEISE IST MIR DEINE MEINUNG NOCH IMMER WICHTIG.

UNRUHIG

SEUFZ

WENN DAS DEIN PREIS IST

DANN SPIEL ICH DEIN SPIEL NOCH MAL.

ERNSTHAFT

UND ICH WERDE ES AUFRICHTIG BEWERTEN.

BEREITE DICH ALSO DARAUF VOR, DASS DAS, WAS ICH LETZTLICH DAZU ZU SAGEN HABE, VIELLEICHT NICHT DAS IST, WAS DU HÖREN WILLST.

O-OKAY.

WARUM KOMMEN MIR DIESE GANZEN TYPEN HEUTE DAUERND ZU NAH?!

FREUNDE

ZISCH *SPUCK*

WEDEL

ALSO, KANNST DU ES HEUTE ABEND REPARIEREN?

BEGEISTERT

HEUTE ABEND?

DU HAST NICHT GESAGT, DASS ES SO SCHNELL GEHEN MUSS!

BITTE?

ALSO GUT, ABER ICH MUSS AN DEINEN COMPUTER.

VERDAMMTER WELPENBLICK.

NATÜRLICH, SETZ DICH!

HAST DU SCHON WAS GEGESSEN?

N–NEIN, NOCH NICHT.

WIE WÄRE ES MIT PIZZA?

DU MUSST MIR NICHTS BESTELLEN.

WIR HABEN NOCH NICHT DARÜBER GEREDET, DASS DU MEINE MIETE BEZAHLT HAST.

WAS DAS BETRIFFT ...

ICH HAB DEINE MIETE GAR NICHT BEZAHLT.

ICH HAB VERSUCHT, DEINE MIETE ZU BEZAHLEN, ABER MS WHIPPLE HAT GESAGT, DAS GINGE AUS VERTRAGLICHEN GRÜNDEN NICHT.

ALSO HAB ICH SIE GEBETEN, DIR ZU SAGEN, ICH HÄTTE SIE BEZAHLT, WENN SIE DICH DAS NÄCHSTE MAL SIEHT.

WAS IST DEINE LIEBLINGS-PIZZA?

WAS HAST DU GETAN?

WIRBEL

MS WHIPPLE HAT GERN MIT-GESPIELT.

UND ICH WUSSTE, DASS DU WENIG SPÄTER VOR MEINER TÜR STEHEN WÜRDEST, WENN SIE DIR ERZÄHLT, DEINE MIETE SEI BEZAHLT WORDEN.

ICH BIN ALT UND LIEBE ES, MICH EINZUMISCHEN.

DU HAST MIR HEUTE MORGEN KEINE CHANCE GEGEBEN, MICH ZU ERKLÄREN.

MIR TUT ES WIRKLICH LEID, WAS MIT DEINEM SPIEL PASSIERT IST, WEIL ICH SO DURCHGERAUSCHT BIN, UND WIE MEINE FANS REAGIERT HABEN.

MIR TUT AUCH MEINE BEMERKUNG MIT DEM „GUTEN SPIEL" LEID.

MAN MÖCHTE GLAUBEN, DASS ICH MIT MEINEN GROSSEN FÜSSEN BESSER AUFPASSE, IN WELCHE FETTNÄPFCHEN ICH TRETE.

DAS KÖNNTE FATAL ENDEN.

UND WAS DAS GELD GEHT ...

ICH WURDE SO ERZOGEN, DASS MAN WORTWÖRTLICH FÜR SEINE FEHLER BEZAHLT.

UND MANCHMAL MUSS ICH MICH DARAN ERINNERN, DASS MAN NICHT ALLE PROBLEME MIT GELD LÖSEN KANN.

DAS TUT MIR ALSO AUCH LEID, UND WENN ICH ALL DAS ZURÜCKNEHMEN KÖNNTE, WÜRDE ICH ES TUN.

DIESE ENTSCHULDIGUNG WIRKT VIEL AUFRICHTIGER ALS DIE LETZTE.

DANKE, MARSHALL.

DAS BEDEUTET ... MIR VIEL.

ALSO GUT, DANN KÜMMERE ICH MICH MAL UM DIE DATEI.

DREH

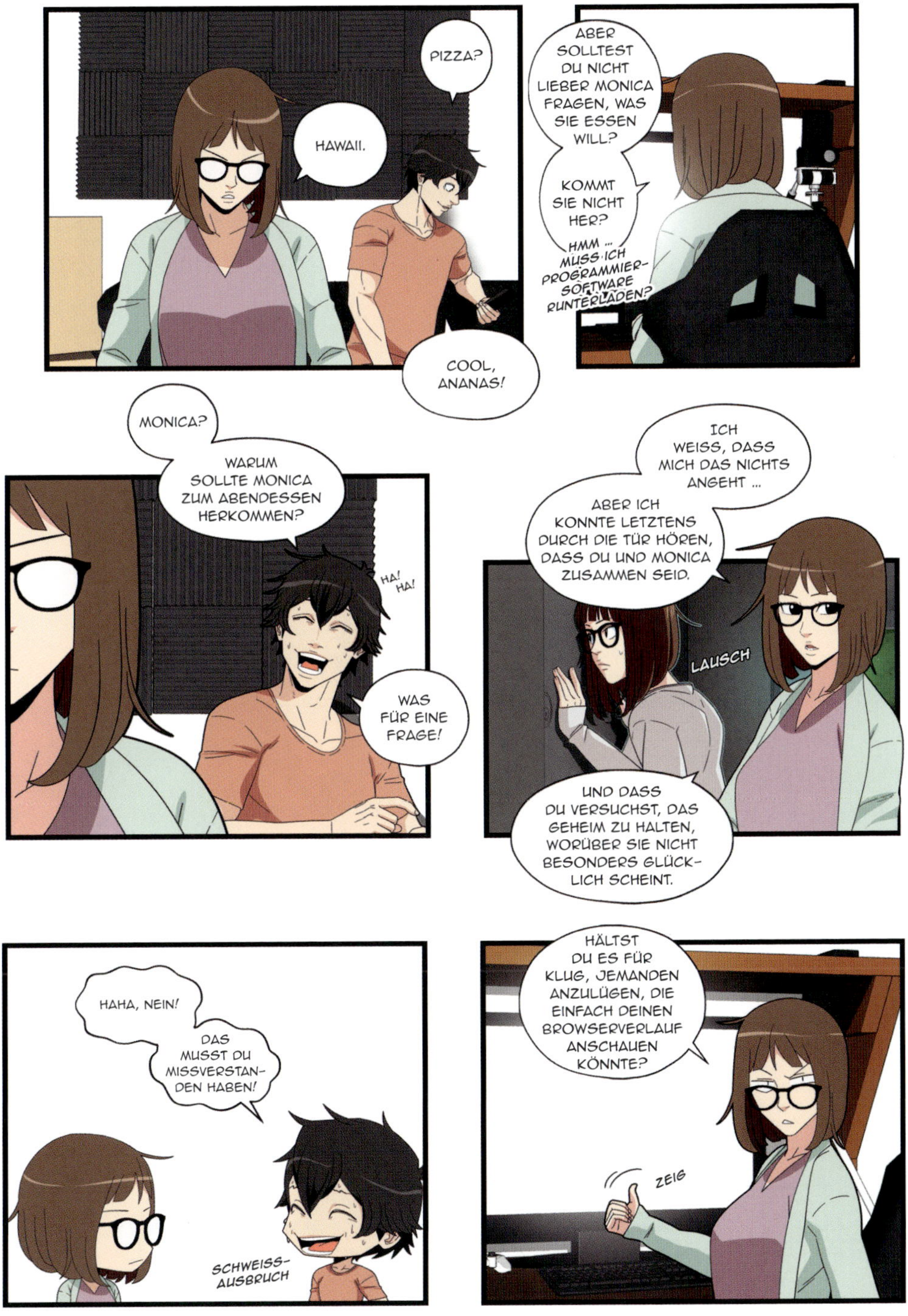

PIZZA?

HAWAII.

COOL, ANANAS!

ABER SOLLTEST DU NICHT LIEBER MONICA FRAGEN, WAS SIE ESSEN WILL?

KOMMT SIE NICHT HER?

HMM ... MUSS ICH PROGRAMMIER-SOFTWARE RUNTERLADEN?

MONICA?

WARUM SOLLTE MONICA ZUM ABENDESSEN HERKOMMEN?

HA! HA!

WAS FÜR EINE FRAGE!

ICH WEISS, DASS MICH DAS NICHTS ANGEHT ...

ABER ICH KONNTE LETZTENS DURCH DIE TÜR HÖREN, DASS DU UND MONICA ZUSAMMEN SEID.

LAUSCH

UND DASS DU VERSUCHST, DAS GEHEIM ZU HALTEN, WORÜBER SIE NICHT BESONDERS GLÜCK-LICH SCHEINT.

HAHA, NEIN!

DAS MUSST DU MISSVERSTAN-DEN HABEN!

SCHWEISS-AUSBRUCH

HÄLTST DU ES FÜR KLUG, JEMANDEN ANZULÜGEN, DIE EINFACH DEINEN BROWSERVERLAUF ANSCHAUEN KÖNNTE?

ZEIG

D-DAS WÜRDEST DU NICHT ...

MIT VERGNÜGEN.

SIE DARF NICHT SEHEN, WIE VIELE SÜSSE KATZENBILDER ICH MIR JEDEN TAG ANSEHE!

Kätzchen in viel zu großem Pullover

ODER WIE OFT ICH MEINEN NAMEN AUF POOGLE EINGEBE!!

Ist es lahm, Marshall Law zu gucken

ODER MEINEN SIN-STASH!!!

BOOBTUBE

Manslayer Cosplay NSFW

ALSO GUT!

JA, MONICA UND ICH SIND ZUSAMMEN.

WIR SIND DIE HEISSESTEN LEUTE HIER. WOLLEN WIR XXX?

WIR HABEN UNS VOR EIN PAAR MONATEN BEI EINEM VIEWTUBER-EVENT GETROFFEN UND SIND SEIT EIN PAAR WOCHEN ZUSAMMEN.

VIEWTUBER STEHEN SO OFT IM RAMPENLICHT, UND ICH HAB MEHR ALS EINMAL GESEHEN, WIE DESHALB BEZIEHUNGEN IN DIE BRÜCHE GEGANGEN SIND.

DU WEISST, WAS MEINE FANS MIT DEINEM ACCOUNT GEMACHT HABEN. STELL DIR MAL VOR, WAS DIE TUN WÜRDEN, WENN SIE RAUSFINDEN, DASS ICH EINE FREUNDIN HABE.

ICH WEISS, DASS MONICA ES HASST, DAS GEHEIM ZU HALTEN, ABER ICH VERSUCHE WIRKLICH NUR, SIE ZU BESCHÜTZEN.

BITTE, SAG ES NIEMANDEM, SAM.

UND SCHAU DIR BITTE NICHT MEINEN VERLAUF AN.

SIE WOLLEN ES VOR IHREN FANS GEHEIM HALTEN, DAMIT DIE NICHT DURCHDREHEN?

WÄRE DAS NICHT SCHRECKLICH?

N-NA KLAR, MARSHALL.

WIE LÄUFT'S?

GANZ GUT.

ICH MUSS RÜCKWÄRTS PROGRAMMIEREN, DA ICH NICHT WEISS, WIE DAS SPIEL AUFGEBAUT IST.

KRIEGST DU DAS HEUTE REPARIERT?

JA, DAS SOLLTE KLAPPEN.

KLOPF
KLOPF

AH, DIE PIZZA IST DA.

BIN GLEICH ZURÜCK.

DREH

VOR EIN PAAR JAHREN ODER SOGAR MONATEN HÄTTE ICH MICH GEFREUT, NEBEN DEM VIEWTUBER MARSHALL LAW ZU SITZEN.

51

UND ÜBER DIE SPIELE REDEN ZU KÖNNEN, DIE ER GESPIELT HAT, UND SEINE VIDEOS, DIE ICH GESEHEN HABE,

UND IHM ZU SAGEN, WAS FÜR EINE INSPIRATION ER FÜR MICH WAR,

ABER JETZT, DA ICH HIER BIN ...

ERSCHEINT MIR DAS ALLES EHER ... BITTERSÜSS.

HMM?

STOSS

WAS IST DAS?

SKIZZEN

HMM.

...

HEY, HABEN SIE EINE GROSSE PIZZA HAWAII BESTELLT?

JA, HIER SIND SIE RICHTIG!

ES KANN NICHT SCHADEN, KURZ REINZUSEHEN, ODER?

ICH GUCK NUR KURZ REIN, DANN LEG ICH ES ZURÜCK.

SKIZZEN

I-ICH FASSE NICHT, DASS ER SO WAS ZEICHNET!

ICH HÄTTE NICHT GEDACHT, DASS ER DARAUF STEHT ...

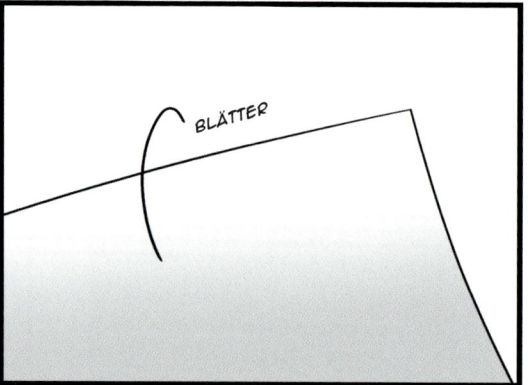

DAS SIEHT AUS WIE EIN
CHARAKTERKONZEPT FÜR EIN SPIEL.

VIELLEICHT EIN
WAFFEN-KRIEGER?

UND DAS SIEHT AUS
WIE EIN ISOMETRISCHES MODUL
FÜR EIN UMWELTDESIGN.

ES IST ECHT
HINREISSEND!

56

ALSO, SAM, ERZÄHL MAL, WARUM DU BESCHLOSSEN HAST, SPIELE ZU ENTWICKELN?

WARUM ... WILLST DU DAS WISSEN?

ICH BIN NUR NEU-GIERIG ...

ICH FINDE DIE INDIE-SPIELE-INDUSTRIE ECHT SPANNEND, UND ALLE, DIE SPIELE ENTWICKELN, HABEN IHRE GANZ EIGENE GESCHICHTE.

NA JA, ICH WAR ALS KIND OFT KRANK, UND DESHALB ...

HABE ICH OFT VIDEOSPIELE GESPIELT, UM DIE ZEIT TOTZU-SCHLAGEN.

WARUM WARST DU DENN SO OFT KRANK?

MEINE MUTTER WAR GERADE MAL IM SECHSTEN MONAT SCHWANGER MIT MIR, ALS DIE WEHEN ANFINGEN.

IM KRANKENHAUS SAGTEN SIE, ICH HÄTTE EINE ÜBERLEBENSCHANCE VON WENIGER ALS 10 %.

58

W-WARUM WEINST DU DENN?

DAS WAR JA SOOOOO TRAURIG!

ABER JE MEHR ICH ÜBER DIE INDIE-GAME-INDUSTRIE ERFAHRE, DESTO MEHR WIRD MIR KLAR, DASS ES EIN WUNSCHTRAUM BLEIBEN WIRD, DORT ZU ARBEITEN.

DER MARKT IST SO ÜBERSÄTTIGT MIT INDIE-SPIELEN, DASS ES ECHT SCHWER IST, SICH VON DEN ANDEREN ABZU-HEBEN.

REALISTISCH BETRACHTET BE-ZWEIFLE ICH, DASS DAS ENTWICKELN VON SPIELEN JEMALS MEHR ALS NUR EIN HOBBY FÜR MICH SEIN WIRD.

ICH WERDE WEITERHIN ALS PROGRAMMIERERIN ARBEITEN UND FÜR ANDERE LEUTE SOFTWARE ENTWICKELN MÜSSEN, WEIL DORT DAS GELD IST.

ICH VERSCHWENDE VERMUTLICH NUR MEINE ZEIT, WENN ICH VERSUCHE, DIESEN KINDISCHEN TRAUM ZU VER-FOLGEN.

HEY, SAM?

HMM?

SCHNIPP

AUU!

WOFÜR WAR DAS DENN?!

DAS TUT WEH!

DAS WAR EINE LEVEL-1-STRAFE.

STRENG

WENN ICH NOCH MAL HÖRE, WIE DU DICH SO RUNTER-MACHST, GIBT'S EINE LEVEL-2-STRAFE.

DU DENKST NUR DARAN, WIE VIEL VON DEINEM WEG NOCH VOR DIR LIEGT.

NICHT, WIE WEIT DU SCHON GEKOMMEN BIST.

ES STIMMT, DASS ES ECHT SCHWIERIG SEIN KANN, VOLLZEIT ALS INDIE-ENTWICKLERIN ZU ARBEITEN.

UND ES HILFT AUCH NICHT, DASS DIESER MISTKERL AUF VIEWTUBE DEIN ERSTES SPIEL DURCH DEN DRECK GEZOGEN HAT.

ABER TROTZ ALLEM, WAS BISHER PASSIERT IST, HAST DU IMMER AN RUMI-NATE GEGLAUBT.

DU MUSST ALSO ANFANGEN, AN DICH SELBST ZU GLAUBEN.

DU VERSAGST NUR, WENN DU AUFHÖRST, ES ZU VERSUCHEN, ALSO GIB DEINEN TRAUM NICHT AUF!

ES GIBT LEUTE, DIE ES GAR NICHT ERST VERSUCHEN.

BLEIB AM BALL, SAM.

UND WENN ES ETWAS GIBT, DAS ICH TUN KANN, UM DIR ZU HELFEN, SAG BESCHEID.

...

KINGSHIP

Spiel geladen

Drücke eine Taste

ES IST SO COOL, DASS DU DEN PROGRAM-MIERFEHLER BEHEBEN KONNTEST!

ICH DACHTE SCHON, MEIN SPIELSTAND WÄRE VERLOREN!

NOCH MAL DANKE, SAM!

DU HAST MIR ECHT AUS DER KLEMME GEHOLFEN!

FREUT MICH, DASS ICH HELFEN KONNTE.

ICH BIN JEMAND, DER SEIN WORT HÄLT, SAM.

ICH WERDE RUMINATE SPIELEN, SOBALD ICH KANN, UND ICH WERDE ES AUFRICHTIG BEWERTEN.

MEHR VERLANGE ICH GAR NICHT, MARSHALL.

UND LASS DIR DIESMAL BITTE ZEIT.

HEB

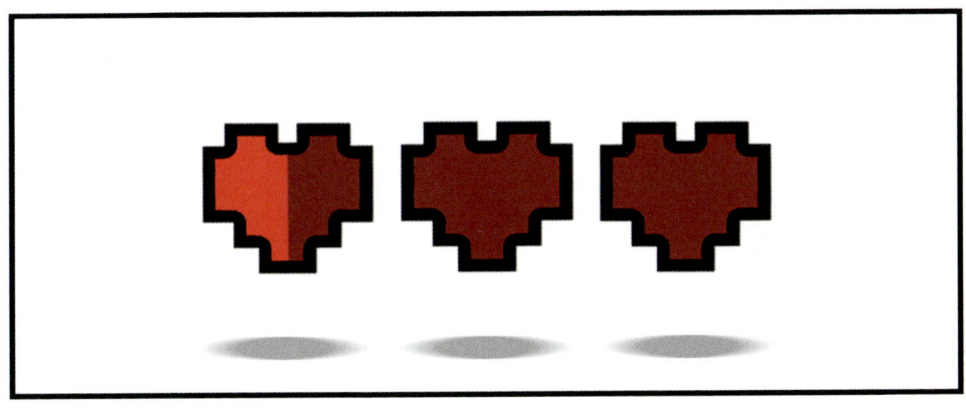

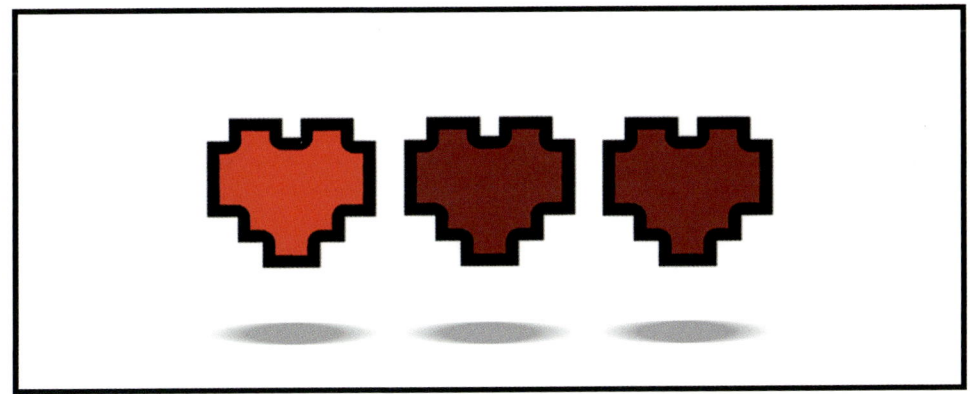

WAS IST DAS PROBLEM?

WAS SOLL SO SCHLIMM DARAN SEIN, IHR SPIEL NOCH MAL ZU SPIELEN?

DU VERSTEHST DAS NICHT, MONICA.

ICH HABE IHR GAME FALSCH GESPIELT, UND DESHALB HABE ICH ES FÜR SCHLECHT GEHALTEN.

ABER WAS, WENN ICH ES SPIELE, WIE ES GESPIELT WERDEN SOLLTE, UND ES TROTZDEM SCHLECHT IST?

NA UND?

ICH WILL IHR KEINE SCHLECHTE BEWERTUNG GEBEN.

BESONDERS NACH ALLEM, WAS PASSIERT IST.

SIE HAT GESAGT, DASS IHR MEINE MEINUNG WICHTIG IST, UND ICH WILL SIE AUF KEINEN FALL DEMOTIVIEREN, WEITER SPIELE ZU ENTWICKELN.

ICH HAB IHR SCHON ZU SEHR GESCHADET.

UND ICH HAB ANGST, DASS ICH ES NUR NOCH SCHLIMMER MACHEN WERDE.

WENN IHR SPIEL SCHLECHT IST, DANN BAU BEI DEINER BEWERTUNG AUCH EIN BISSCHEN LOB EIN.

REDE IHRE BEMÜHUNGEN NICHT EINFACH SCHLECHT.

ZEIG IHR, WIE SIE SICH VERBESSERN KANN.

das Spiel schlecht ist? Was, wenn ich nichts Gutes daran
wenn sie keine schlechte Bewertung verträgt und wegen mir
mehr entwickelt? Richte ich als Viewtuber mehr Schaden an als
es sie erholt sich von
ich

KEINE SORGE, SIR, WIR KÜMMERN UNS GUT UM SIE.

KOMME ICH WIEDER IN ORDNUNG?

MAN WIRD SICH IM KRANKEN-HAUS ALLES AN-SEHEN, SIR. DORT WIRD MAN AUCH IHRE FRAGEN BEANT-WORTEN.

D-DANKE!

WIE HEISSEN SIE, JUNGER MANN?

LINCOLN HUDSON, SIR.

ABER MEINE FREUNDE NENNEN MICH „LINK".

IHR WART ECHT SCHNELL.

WIE GEHT'S IHM?

ER HAT GROSSE SCHMERZEN, IST ABER STABIL.

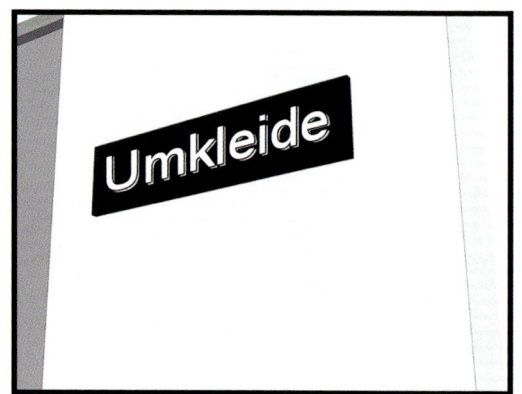

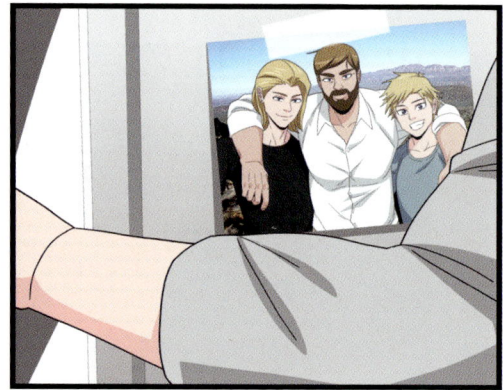

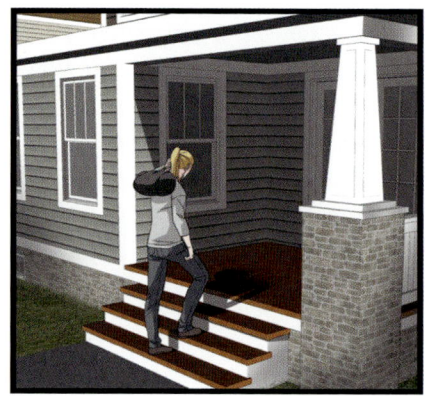

Lincoln,
ich hab Muffins gebacken!
Lass es dir schmecken!

Dallas,
ich schwöre, wenn du alle Muffins
isst und keinen für deinen Bruder
übrig lässt, geb ich dich zur
Adoption frei!!!

Liebe Grüße,
Mom
xoxo

MANN, ICH SAG DIR, DIESE WARTEZEITEN FÜR DPS IM MATCHMAKING-SYSTEM SIND DER TOTALE SCHEISS!

TANKS UND HEILER KOMMEN FAST SOFORT IN EINE GRUPPE.

DIE ABSOLUTE BE-VORZUGUNG!

TANKS STEHEN DOCH NUR RUM UND DRÜCKEN AUF EINEN KNOPF.

UND ZUM HEILEN BRAUCHST DU AUCH NUR EINEN ZAUBER UND BIST FERTIG.

WIR DPS SIND DOCH DIE, DIE DIE GANZE ARBEIT MACHEN.

WIRBEL

WIR SOLLTEN ALSO DIE SON-DERBEHANDLUNG KRIEGEN!

DALLAS, NICHT SO LAUT.

MOM SCHLÄFT.

AUF-SCHIEB

JA JA, BRO.

MACH DIR MAL NICHT INS HEMD.

72

ICH WEISS GAR NICHT, WAS DU AN IHR FINDEST, BRO.

SIE TRÄGT EINE DICKE BRILLE, IHR HAAR IST STUMPF UND SIE ZIEHT SICH AN WIE EINE VOGELSCHEUCHE!

DIE KANN MAN DOCH TOTAL VERGESSEN.

AUCH WENN SIE EINEM TOTAL AUF DEN SACK GEHT ...

UND EIN BESCHISSENER TANK IST ...

ANGELA HAT WENIGSTENS EINEN TOLLEN KÖRPER UND SO.

DIE IST DIE AUFMERKSAMKEIT DOCH VIEL EHER WERT.

DU BRAUCHST MIR KEINEN RAT ÜBER FRAUEN ZU GEBEN, DALLAS.

DU HATTEST NOCH NIE EINE FREUNDIN.

BULLSHIT!

ICH HAB SO VIELE TUSSIS AN DER HAND, ICH ERTRINKE FÖRMLICH IN IHNEN!

MEIN HANDY LÄUFT STÄNDIG HEISS, WEIL DIE WEIBER WAS VON MIR WOLLEN!

GUTE NACHT, DALLAS.

ICH REDE NICHT VON DEN GANZEN FRAUEN, DIE ICH HABE, DAMIT DU DICH NICHT SCHLECHT FÜHLST!

NÄCHSTES MAL HALT ICH MICH NICHT SO BESCHISSEN ZURÜCK!

73

FALL

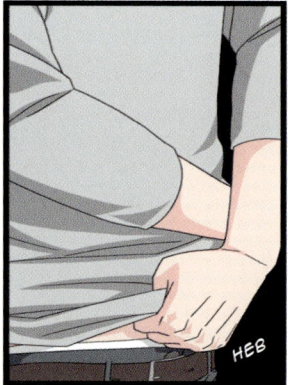

HEB

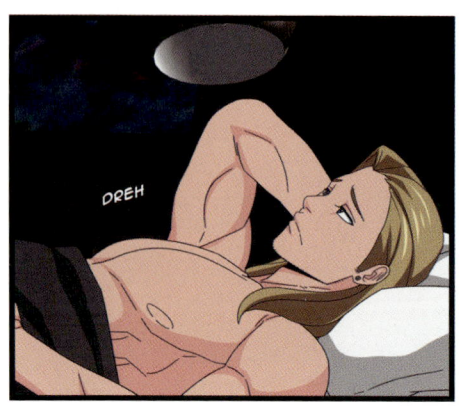

DAD.

SCHLUCHZ

WARUM BIST DU
KRANK GEWORDEN?

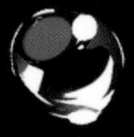

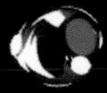

SCHLUCHZ

MOM, DALLAS
UND ICH ...

SCHLUCHZ

SCHLUCHZ

DU MUSST KÄMPFEN,
FÜR UNS ...

HIER.

DANKE.

GERN GESCHEHEN.

BRAUCHST DU NOCH WAS?

ICH DENKE NICHT.

BIST DU SICHER, DASS ICH HIER SEIN DARF?

WARUM NICHT?

ICH MEINE, BIST DU NICHT HIER, WEIL DU KRANK BIST?

SOLLTEST DU DICH NICHT AUSRUHEN?

ACH, ICH VERSTEHE, WAS DU MEINST! ICH BIN NICHT KRANK.

ICH BIN UNTER BEOBACHTUNG HIER, WEIL ICH AN EINEM ARZNEIMITTELTEST TEILNEHME.

WEDEL

WEDEL

ICH HAB VERMUTLICH SOWIESO NUR DAS PLACEBO BEKOMMEN.

DAS PFLEGE-PERSONAL STÖRT ES NICHT?

DAS WÜRDE MICH ÜBER-RASCHEN.

ES IST ALSO DEIN DAD, HM?

IHM GEHT'S NICHT GUT?

TUT MIR LEID, ICH WILL MICH NICHT AUFDRÄN-GEN, ABER ES WAR SCHWER, DICH NICHT DURCH DIE TÜR ZU HÖREN.

JA, ER HAT LUNGENKREBS IM ENDSTADIUM.

E-ER KÄMPFT SEIT EINER WEILE DAGEGEN AN, ABER ER IST ZU SCHWACH, UM NOCH DURCHZUHALTEN.

DAS TUT MIR LEID.

ICH KANN MIR NICHT VORSTEL-LEN, WIE SCHWER DAS FÜR DICH SEIN MUSS.

ER WAR DER STÄRKSTE MANN, DEN ICH JE KANNTE.

IHN SO ZU SEHEN ...

ER IST IMMER NOCH DER STÄRKSTE MANN, DEN DU KENNST.

DAS ÄNDERT NICHTS DARAN.

I-ICH WEISS, ES IST NUR ...

ICH WÜNSCHTE ... ES GÄBE WAS ... WAS ICH ...

SCHEPPER

SCHEPPER

DANKE, DASS ICH MICH IN DEN LETZTEN STUNDEN BEI DIR AUSHEULEN KONNTE.

ES WAR NICHT BESONDERS MÄNNLICH VON MIR, SO ZU WEINEN.

MACH DIR DARÜBER KEINE GEDANKEN. MEIN DAD HEULT STÄNDIG, UND ER IST TROTZDEM ZIEMLICH MÄNNLICH.

OKAY ...

DU HAST GESAGT, DU HEISST SAMANTHA?

SAM.

OKAY.

UND DU BIST LINCOLN?

JA, ABER MEINE FREUNDE NENNEN MICH „LINK".

DER ARZNEIMITTELTEST DAUERT ZWEI WOCHEN.

DU KANNST GERN VORBEIKOMMEN, WENN DU DEINEN DAD BESUCHST UND MAL EINE PAUSE BRAUCHST.

SO LANGE?

WOMIT VERBRINGST DU DENN DEINE ZEIT?

ICH ENTWICKLE EIN COMPUTERSPIEL.

ICH WERDE ALSO DIE MEISTE ZEIT DARAN ARBEITEN.

OH, DAS IST JA COOL!

WAS FÜR EIN SPIEL IST ES DENN?

EIN ADVENTURE-PUZZLE-GAME.

DIE RÄTSEL BASIEREN AUF ALTEN SAGEN UND MYTHEN.

DAS IST TOLL!

ICH LIEBE SOLCHE GE-SCHICHTEN!

DAS IST TOTAL MEIN DING!

WAHNSINN!

WILLST DU MIR MIT EIN PAAR IDEEN HELFEN?

DAS KÖNNTE EINE GUTE ABLENKUNG SEIN, WENN DU EINE BRAUCHST.

DAS WÄRE TOLL!

DU HAST MIR WÄHREND DER SCHLIMMSTEN ZEIT MEINES LEBENS GEHOLFEN, NICHT DEN VERSTAND ZU VERLIEREN.

WIE WÄRE ES MIT EINER QUEST, DIE AUF EINER VON ÄSOPS FABELN BASIERT?

HMM, KEINE SCHLECHTE IDEE.

DU HAST MIR DEINE FREUNDINNEN VORGESTELLT UND DAFÜR GESORGT, DASS ICH MICH NIE ALLEIN GEFÜHLT HABE.

DU ARMER ENGEL! VIKKI IST FÜR DICH DA.

ALS MEIN LEBEN SO FINSTER WAR WIE NOCH NIE,

GUTEN MORGEN, SAM.

ICH HAB DIE PERFEKTE IDEE FÜR DEIN SPIEL.

WARST DU DAS LICHT, DAS DAFÜR GESORGT HAT, DASS ICH MICH NIE VERLIERE.

DREH

UND ALS ES GANZ LEICHT GEWESEN WÄRE, DASS WIR UNS AUS DEN AUGEN VERLIEREN ...

ERIC HUDSON
U.S. Army Master Sergeant
Sohn. Ehemann. Vater. Held.

DANKE, DASS DU GEKOMMEN BIST, SAM.

NATÜRLICH.

MEIN AUF-RICHTIGES BEILEID.

ICH WEISS, DASS ES EINE WEILE SEHR HART SEIN WIRD.

ABER BITTE MELDE DICH, WENN DU KANNST.

MACHE ICH.

ICH WILL DEIN SPIEL SEHEN, WENN ES ENDLICH FERTIG IST.

HAST DU MICH GEHÖRT, LINK?

WILLST DU MORGEN NOCH WANDERN GEHEN??

♥

Am selben Morgen.

ES IST FREITAG, BOWSER.

HEUTE KANN ICH ALSO IM BÜRO WAS LÄSSIGES TRAGEN.

WAS, DENKST DU, SOLLTE ICH ANZIEHEN?

JEANS UND EIN NERDIGES T-SHIRT?

STRUMPF-HOSE UND EIN ÜBERGROSSES SWEATSHIRT?

HECHEL

HECHEL

ICH TRAGE IMMER DAS GLEICHE.

VIELLEICHT SOLLTE ICH MAL WAS ... HÜBSCHERES ANZIEHEN?

ICH MEINE, DEE HAT GESAGT, LINK HÄTTE VERSUCHT, MICH UM EIN DATE ZU BITTEN.

UND CHARLES HAT MICH IM BÜRO ZUM ABENDESSEN EINGELADEN.

HEISST DAS, DASS SIE INTERESSE AN MIR HABEN?

SOLL ICH VERSUCHEN, MICH EIN BISS-CHEN AUFZU-BREZELN?

WEDEL

WEDEL

WUFF!

MOM HAT DAS FÜR MICH GEKAUFT, WEIL SIE DACHTE, ICH WÜRDE SÜSS DARIN AUSSEHEN.

ICH GLAUBE NICHT, DASS ICH ES JEMALS ANHATTE.

GREIF

ICH SOLLTE ES MAL ANPROBIEREN, UM ZU SEHEN, OB ES ÜBERHAUPT PASST.

SO WAS TRAGE ICH SONST NIE.

ES IST VIEL ZU ENG.

MAN SIEHT VIEL ZU VIEL VON MEINEN DÜRREN BEINEN.

ICH FÜHL MICH TOTAL NACKT.

UND ICH SEHE AUS WIE ...

EIN KLEINES KIND, DAS SICH VERKLEIDET.

ICH SEHE LÄCHERLICH AUS.

DEE HAT SICH GEIRRT.

DURCHHÄNG

LINK HAT AUF KEINEN FALL INTE-RESSE DARAN, MIT MIR AUSZUGEHEN.

DONNER

ZITTER

ZITTER

HMM, KLINGT, ALS WÜRDE ES BALD REGNEN.

ZITTER

ZITTER

UND CHARLES HAT MICH SICHER-LICH NUR ZUM ABEND-ESSEN EINGELADEN, UM ÜBER DIE ARBEIT ZU REDEN.

EIN MANN WIE ER WÜRDE NIE MIT EINER WIE MIR AUSGEHEN.

ICH BIN SOWIESO NICHT SEIN TYP.

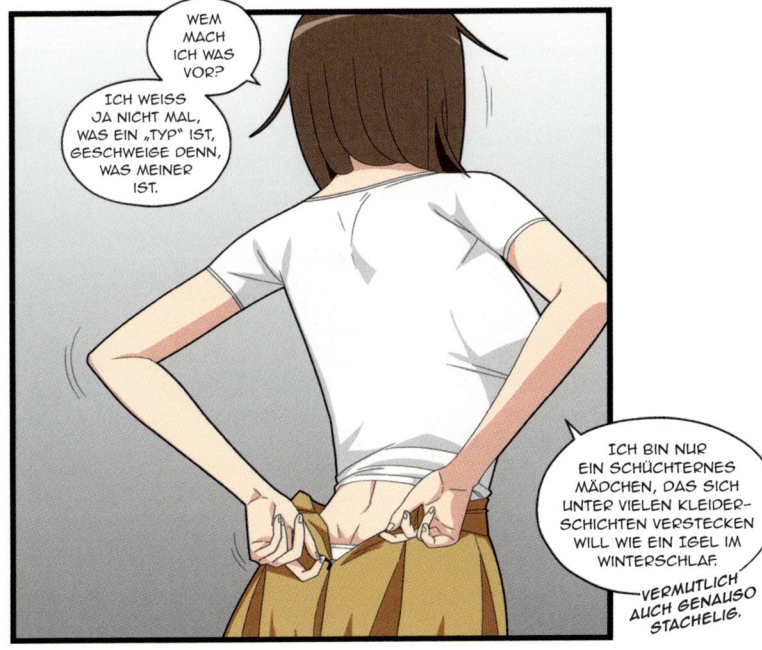

WEM MACH ICH WAS VOR?

ICH WEISS JA NICHT MAL, WAS EIN „TYP" IST, GESCHWEIGE DENN, WAS MEINER IST.

ICH BIN NUR EIN SCHÜCHTERNES MÄDCHEN, DAS SICH UNTER VIELEN KLEIDER-SCHICHTEN VERSTECKEN WILL WIE EIN IGEL IM WINTERSCHLAF.

VERMUTLICH AUCH GENAUSO STACHELIG.

WENN ICH MICH UMGEZOGEN HABE, SOLLTE ICH MIT LINK REDEN UND IHN FRAGEN, OB ER MORGEN NOCH ZEIT HAT.

WANDERN KANN ICH NICHT, ABER ICH BIN MIR SICHER, DASS WIR WAS FINDEN, WAS WIR BEIDE TUN KÖNNEN.

WIR HATTEN KAUM ZEIT ZUM PLAUDERN, SEIT ER DEN ZWEITEN JOB ALS SANITÄTER ANGEFANGEN HAT.

ES WÄRE NETT, MAL WIEDER MIT IHM RUMZU-HÄNGEN.

ZITTER

ZITTER

ZITTER

SORRY WEGEN DER KLA-MOTTEN, MOM.

ABER ICH DENKE NICHT, DASS SIE MIR STEHEN.

ICH SCHÄTZE, ICH GEBE SIE IN DIE KLEIDER-SAMMLUNG.

STECK

STECK

ZIEH

SEUFZ

DONNER

THE DAILY
GRIND

DEIN
KAFFEE IST
GLEICH FERTIG,
SAM.

ACHSEL-
ZUCK

D-DANKE,
LINK.

WARUM BIN ICH NERVÖS?

ER HAT MICH LETZTENS NICHT UM EIN DATE GEBETEN, ICH SOLLTE ALSO KEINE ANGST DAVOR HABEN, JETZT MIT IHM ZU REDEN.

OKAY, EIN BROWN-COW-MOKKA, MIT EINEM SCHUSS SIRUP, DOUBLE SHOT ESPRESSO UND EINER PRISE ZIMT.

SO WIE DU ES MAGST.

HE, LINK, KANN ICH DICH WAS FRAGEN?

HAST DU MORGEN NOCH ZEIT ZUM WANDERN?

HAT SIE GRAD ...?

KEUCH

HAST DU MICH GEHÖRT, LINK?

WILLST DU MORGEN NOCH WANDERN GEHEN??

WANDERN KANN ICH NICHT, ABER ICH DACHTE, WIR KÖNNTEN MIT BOWSER AUF DIE HUNDEWIESE GEHEN UND DANN ZU MITTAG ESSEN.

HAST DU LUST?

ZUCK

FALLS DU SCHON WAS ANDERES VORHAST, VERSTEHE ICH DAS.

ES IST SEHR SPONTAN.

NUR ... WIR BEIDE?

UND BOWSER NATÜRLICH.

ABER, JA, NUR WIR BEIDE.

JA, DAS WÄRE ...

TOLL.

SUPER!

DANN KÖNNEN WIR MAL WIEDER REDEN.

WIE ZUM HENKER HAT SAM ES GESCHAFFT, LINK AUF EIN DATE EINZULADEN, OHNE ZU IMPLODIEREN?!

UNMÖG-LICH!

P'NAWN DA, MAM.

SUT MAE?

SIARAD YN ARAFACH, OS GWELI DI'N DDA.

DYWED HYNNY UNWAITH ETO, OS GWELI DI'N DDA.

MAE'N DDRWG, MAM.

JA, ICH WEISS, DASS MEIN WALISISCH KLINGT WIE BEI EINEM KIND, MUTTER.

ICH LEBE JETZT IN KALIFORNIEN, UND HIER SPRICHT NIEMAND WALI- SISCH.

WIPP

JA, ICH FECHTE NOCH.

NEIN, ICH WEISS NICHT, OB ICH ZU WEIHNACHTEN ZU HAUSE BIN.

KLOPF *KLOPF*

DREH

ICH MUSS AUFLEGEN, MUTTER, JEMAND IST AN DER TÜR.

HWYL FAWR.

HERIN!

KLICK

JA, MISS YOUNG?

HE, CHARLES, DA DAS MIT DEM ABENDESSEN HEUTE NICHT KLAPPT, HABE ICH MICH GEFRAGT, OB WIR STATTDESSEN MITTAG-ESSEN GEHEN SOLLEN?

ICH LADE SIE EIN?

WIE KÖNNTE ICH DA ABLEHNEN?

ZURÜCKLEHN

THE GIRL FROM IPANEMA GOES WALKING.

SIE SIND MEIN GAST, WÄHLEN SIE ETWAS AUS.

WO WOLLEN SIE ESSEN, MISS YOUNG?

WIE SIE WÜNSCHEN.

BING

DAS IST DIE FRAU, DER DIE MODELAGENTUR IM DRITTEN STOCK GEHÖRT.

DIE MÄNNER IM BÜRO SIND TOTAL IN SIE VERSCHOSSEN. WIE HIESS´SIE NOCH´MAL?

GUTEN TAG, MISS ROSEWOOD.

GUTEN TAG.

HÜBSCHER ALS SIE

PEOPLE

Ja,
sie sind heißer
als Sie.

ZWEI LEUTE
die so gut aussehen,
dass Sie sich selbst
hassen werden!

WIE MAN SIE AUF DEM COVER EINER ZEITSCHRIFT
SIEHT ODER BEI EVENTS MIT ROTEM TEPPICH.

WO WIR GRAD VON
CHARLES REDEN ...

BLICK

ER IST VERMUTLICH DER SCHÖNSTE
MANN, DEM ICH JE BEGEGNET BIN.

SEINE PRÄSENZ IST MANCHMAL
ECHT EINSCHÜCHTERND.

107

SEINE STRAHLEND BLAUEN AUGEN.

DAS PLATINBLONDE HAAR, DAS IMMER PERFEKT FRISIERT IST,

MERKT NICHT, DASS SIE IHN SICH MIT NACKTEM OBERKÖRPER VORSTELLT.

ICH FRAGE MICH, WIE ER ZERZAUST AUSSIEHT.

UND LÄSSIGER GEKLEIDET.

ERSCHROCKEN

MISS YOUNG.

NACH IHNEN.

HIER MÜSSEN WIR RAUS.

O-OH, DANKE.

KLACK *KLACK*

KLACK *KLACK*

ICH KANN MIR KAUM VORSTELLEN, WIE DAS SEIN MUSS, WENN MAN SO SELBSTBEWUSST IST WIE SIE.

DAS MUSS GROSSARTIG SEIN.

MISS YOUNG?

NACH IHNEN.

SEUFZ

UND IHN UM EIN DATE GEBETEN HAT!

SIPS

ACH DU ...!

SPUCK

ERNST-HAFT?

WAR SIE BETRUNKEN?!

ES STIMMT!

UND SIE SCHIEN TOTAL NÜCHTERN!

WARTE, HAT SAM GESAGT, DASS ES EIN DATE IST?

JETZT, DA DU FRAGST, SO HAT SIE'S NICHT GE-NANNT.

SIE HAT NUR GEFRAGT, OB ER MIT IHR UND BOWSER ZUR HUNDEWIESE WILL.

SAM HAT ES VERMUTLICH NICHT ALS DATE GEMEINT.

SIE IST SO UNSCHULDIG, IHR WÄRE GAR NICHT KLAR, DASS ES ALS WAS ANDERES ALS EINE FREUNDSCHAFTLICHE GESTE AUFGEFASST WERDEN KÖNNTE.

ICH DENKE NICHT, DASS SAM ES ALS DATE VER-STANDEN HAT.

SOLLTE NICHT JEMAND LINK SAGEN, DASS DAS EIN MISSVERSTÄNDNIS SEIN KÖNNTE?

1, 2, 3 ICH NICHT!

ICH NICHT!

BEB

ICH ... MIST!

VIELLEICHT IRREN WIR UNS JA?

WAS, WENN SIE INTERESSE AN LINK HAT?

DING

DONG

MIR GEGENÜBER HAT SIE NICHTS DERGLEICHEN ERWÄHNT.

LASST UNS KEINE VOREILIGEN SCHLÜSSE ZIEHEN.

PLAUDER

PLAUDER

VIELLEICHT DEUTEN WIR DAS GANZE FALSCH.

HALLO, MEIN LIEBER.

DARF'S WAS ZU TRINKEN SEIN?

JA, BITTE!

DER JAHRGANG, SIR.

BITTE SCHÖN, MISS.

D-DANKE.

SEHR GUT.

FRISCH GEMAHLENER PFEFFER?

PFEFFER AUF EINEM SALAT?

I-ICH MEINE, NEIN DANKE!

ES FÜHLT SICH AN, ALS HÄTTE ICH EINEN DUNGEON BETRETEN, FÜR DEN MEIN LEVEL NICHT REICHT.

Mann mit
Halbglatze
Praktikant
Ungeduldige Dame
Abgelenkte Dame
Umherstreifender
Kellner
Zicke
Angestellte
Trophy Wife

WENN ICH DIE FÜSSE STILLHALTE, PROVOZIERE ICH VIELLEICHT AUCH KEINE AGGRO ...

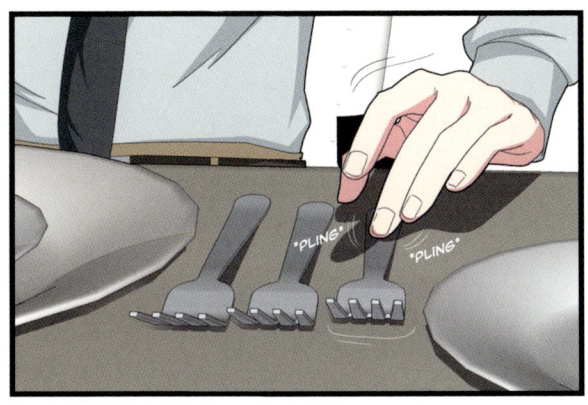

PLING *PLING*

OH!

WIE LÄUFT ES MIT DER GUI FÜR DAS PROJEKT?

UND WIE MACHT SICH JACOB?

KOMMEN SIE MIT SEINEM TRAINING ZURECHT?

ES LÄUFT RICHTIG GUT!

UND ICH BIN ECHT BEEINDRUCKT VON JACOB.

ER HAT RICH- TIG GUTE IDEEN, UND ER GEHT BEI SEINER ARBEIT SEHR SYSTEMATISCH VOR.

DAS HÖRE ICH GERN.

JACOBS FAMILIE IST SEHR ERFOLGREICH IN IHREM BUSINESS, UND ES WÄRE GUT, WENN WIR EINE GUTE ARBEITSBE- ZIEHUNG MIT IHNEN PFLEGEN.

KAU *KAU*

ANGESPANNTE STILLE

MISS YOUNG, FÜHLEN SIE SICH IN MEINER NÄHE UNWOHL?

UNWOHL?

EHRLICH GESAGT ... JA.

ABER NEHMEN SIE ES NICHT PERSÖNLICH, CHARLES.

ICH FÜHLE MICH ÜBERALL UNWOHL.

SEUFZ

ICH BIN EIN NERVENBÜNDEL.

DAS TUT MIR AUFRICHTIG LEID.

KANN ICH ETWAS TUN, DAMIT SIE SICH IN MEINER NÄHE ENTSPANNEN?

JA,

DA GIBT ES ETWAS!

KLIRR

SIE KÖNNTEN MIR ERKLÄREN, WARUM SIE VOM ERSTEN TAG AN ...

IMMER SO STRENG ZU MIR WAREN?

BEVOR WIR UNS GETROFFEN HABEN, WURDE MIR MITGETEILT, DASS SIE DIE FIRMA IHRES VATERS ERBEN WÜRDEN.

ABSTELL

DASS SIE EINES TAGES MEIN BOSS SEIN WÜRDEN – MEINE ARBEITGEBERIN.

UND WISSEN SIE, WAS ICH GESEHEN HABE, ALS WIR UNS VOR EINEM JAHR BEGEGNET SIND?

SCHWÄCHE.

SIE HATTEN KEINEN FUNKEN VON DER PROFESSIONELLEN AUSSTRAHLUNG IHRES VATERS.

UND SIE HABEN KEIN BISSCHEN SEINER INTEGRITÄT GEZEIGT.

OBWOHL IHR VATER BIS ÜBER BEIDE OHREN IN IHRE MUTTER VERLIEBT IST, IST ER EINER DER EFFEKTIVSTEN GESCHÄFTS-MÄNNER, MIT DENEN ICH JE ZUSAMMENARBEITEN DURFTE.

DANK HARTER ARBEIT, NETWORKING UND KLUGER INVESTITIONEN WAR SEIN GESCHÄFT EINES DER WENIGEN, DIE DAS PLATZEN DER DOTCOM-BLASE ÜBERSTANDEN HABEN.

DAS IST NICHT VIELEN FIRMEN GELUNGEN.

ICH WILL DAMIT SAGEN, DASS ICH IHNEN IHRE ART ÜBEL GENOM-MEN HABE.

ZUCK

WARUM SOLLTE ICH DIE ZUKUNFT MEINER KARRIERE DIESEM MÄDCHEN ANVER-TRAUEN?

ES IST TOUGH, CEO ZU SEIN.

ES IST OFT EIN REINER MÄNNERCLUB.

MAN MUSS SCHWIERIGE ENTSCHEIDUNGEN TREFFEN.

UND ES IST WICHTIG, DASS EIN CEO DAS NÖTIGE RÜCKGRAT HAT, UM EIN GESCHÄFT ZU LEITEN.

UM ES OFFEN ZU SAGEN, MISS YOUNG ...

HATTEN SIE NICHT DAS ZEUG DAZU, EINE FIRMA ZU LEITEN.

ZITTER

ABER ...

"SCHNIEF"

ZITTER

123

ABER CHARLES, SIE SIND MEIN CHEF!

ICH MUSS TUN, WAS SIE SAGEN!

NEIN, MISS YOUNG.

SIE SIND MEINE KÜNFTIGE ARBEITGEBERIN.

UND WENN SIE NICHT MAL FÜR SICH SELBST EINTRETEN, WIE SOLL ICH DANN GLAUBEN, DASS SIE ES FÜR DIE ZAHL-REICHEN ANGESTELLTEN IHRES VATERS TUN WÜRDEN?

ABER ALS ICH LETZTENS DAMIT GEDROHT HABE, LUCY ZU FEUERN, HABE ICH ALLE REGISTER GEZOGEN.

ICH WÜRDE NIE LEUTE FEUERN, NUR WEIL SIE MIT EINEM LIEFERBOTEN GEFLIRTET HABEN.

ICH WOLLTE NUR SEHEN, OB SIE SICH WEHREN WÜRDEN, WENN ICH SIE GENUG ANSTACHLE.

UND ZU MEINER FREUDE HABEN SIE DAS GETAN.

ICH WAR STOLZ AUF SIE.

ES TUT MIR ALSO LEID, DASS ICH IM LETZTEN JAHR SO GEMEIN ZU IHNEN WAR.

ICH HATTE NUR DAS BESTE IM SINN.

ERRÖT

HABEN SIE MICH DESHALB IN SO EIN RESTAURANT GELOTST?

WEIL SIE MICH AUS MEINER KOMFORTZONE ZERREN WOLLTEN, DAMIT ICH MICH IHNEN WIDERSETZE?

ICH HATTE GEHOFFT, SIE WÜRDEN DEN MUT FINDEN, MIR ZU SAGEN, DASS SIE NICHT HIER ESSEN WOLLEN.

UND DAS SELBST-BEWUSSTSEIN, EIN ANDERES LOKAL VORZUSCHLAGEN.

"KEUCH"

IM MOMENT SOLLTEN WIR JEDEN-FALLS VORSICHTIG SEIN.

DREH

BEI SAM DÜR-FEN WIR NICHT ZU DIREKT SEIN ...

ANGELA, H-HAB ICH SCHON GESAGT, WIE TOLL DEINE HAUT HEUTE AUSSIEHT?

KNAUTSCH

VIK, MÜSSEN WIR NOCH MAL ÜBER UNANGEMESSENE BERÜH-RUNGEN REDEN?

WELCHEN NAMEN SOLL ICH AUF IHREN BECHER SCHREIBEN.

MARSHALL GENÜGT.

ZUCK

DIESE STIMME!

HAHA, JA!

MIT DOPPEL-L.

DREHT SICH LANGSAM

MARSHMALLOW.

STREICHEL

STREICHEL

♪♪ ANGELA, DREH NICHT DURCH

DENK DRAN, WAS DU IN DEINER THERAPIE GELERNT HAST ♪♪

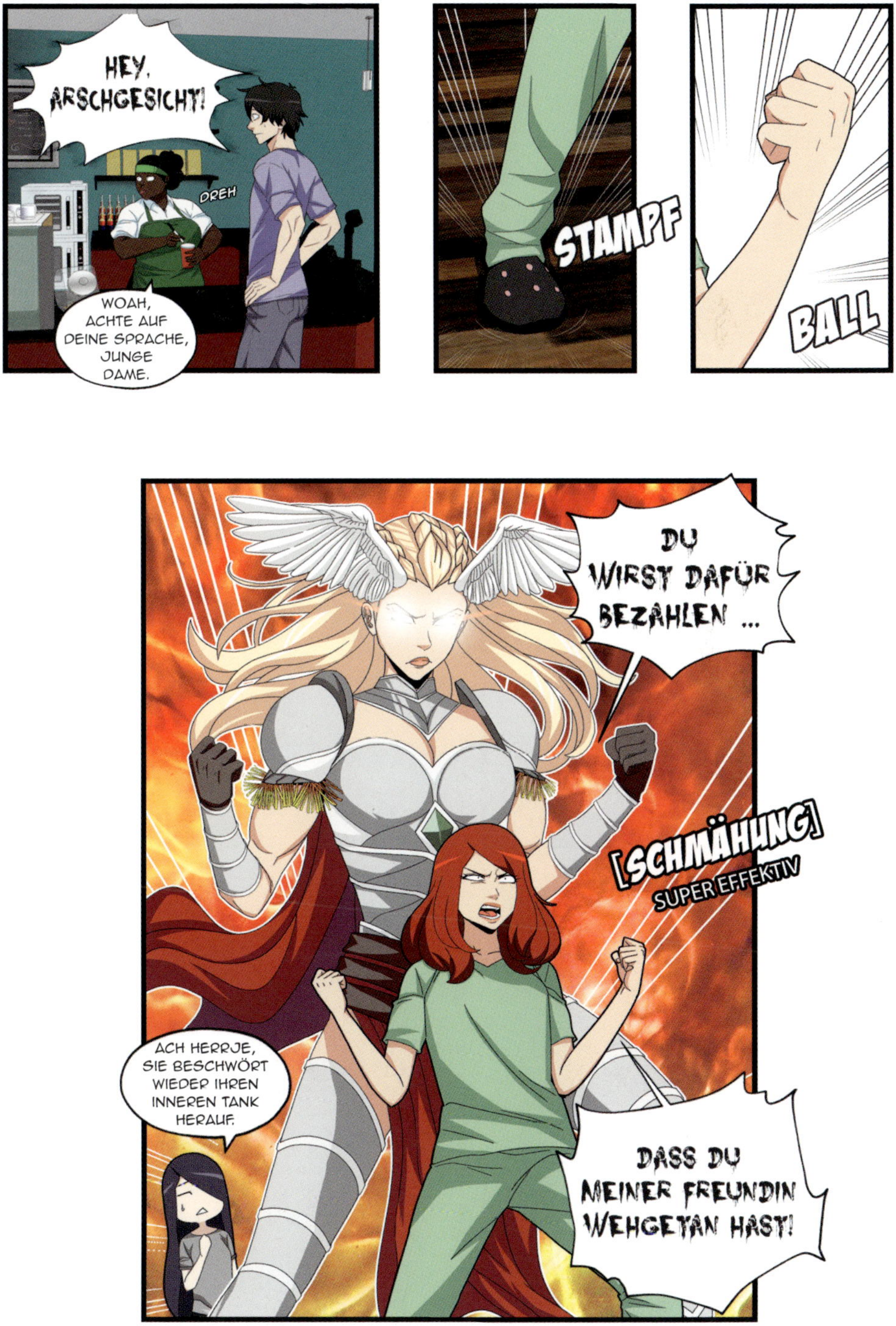

129

WERD ICH FÜR DIESE FRAU MEINE ERSTE EINSTWEILIGE VERFÜGUNG BRAUCHEN?!

GRUSELIG!

WAS IST NUR IN DICH GEFAHREN, ANGELA?!

BEREIT?!

WARTEN SIE, NEIN, ICH BIN NICHT BEREIT!

ICH WILL NICHT KÄMPFEN.

WAS GEHT HIER VOR?

ANGELA, REISS DICH ZUSAMMEN!

DEINE WUT GEWINNT SCHON WIEDER DIE OBERHAND!

GRRR!!

MISS, ICH HAB KEINE AHNUNG, WAS LOS IST ...

ABER ICH WILL KEINEN ÄRGER!

DIE IST DOCH IRRE!

DU HAST „RUMINATE" GESPIELT, DAS SPIEL UNSERER FREUNDIN SAM!

UND DU HAST ES WIE EINE KNALLTÜTE GESPIELT!

WEDEL

WICHSER!

WEDEL

ACH, IHR SEID FREUNDINNEN VON SAM!

KEINE SORGE, SAM UND ICH HABEN UNS LETZTE NACHT AUSGESPROCHEN UND VERSTEHEN UNS JETZT GUT!

SUPER WÜTENDER
ROTSCHOPF-
SCHLAG!

*MACH BESSER EINE
FLUCHTROLLE

GREIF

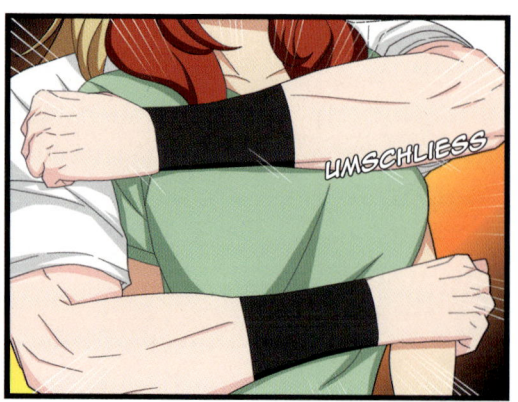

UMSCHLIESS

BLINZEL

LINK, WAS SOLL DAS WERDEN?!

BERUHIG DICH, ANGELA.

ABER DAS IST DER TYP, DER SAM WEHGETAN HAT!

KÄMPF

JA, DAS IST MIR KLAR.

WILLST DU VERHAFTET WERDEN, WEIL DU IHN GESCHLAGEN HAST?

HÖR MAL, ES TUT MIR ECHT LEID, DASS ICH DEINER FREUNDIN SAM WEHGETAN HAB!

ABER WIR HABEN WIRKLICH DARÜBER GE- REDET UND UNS VERTRAGEN!

WIR HABEN GESTERN ABEND SOGAR PIZZA HAWAII GEGESSEN!

PIZZA HAWAII KLINGT NACH SAM.

ICH SAGE DIE WAHRHEIT!

MAG SEIN, ABER DU SOLLTEST BESSER GEHEN.

WENN ANGELA EINMAL IN RAGE IST, DAUERT ES EINE WEILE, BIS SIE WIEDER RUNTERKOMMT.

KOMM EIN ANDERMAL WIEDER, DANN GEB ICH DIR EINEN KAFFEE AUS.

ICH BIN MIR SICHER, DASS SICH DIE SACHE KLÄRT, SOBALD SICH ALLE BERUHIGT HABEN.

UND REDET MIT SAM.

SUMMT

OH, HI, BABE! ICH WOLLTE DIR GRAD SCHREIBEN ...

DU BIST JA GANZ DURCH- NÄSST!

ICH HAB DOCH GESAGT, DASS ES REG- NEN SOLL.

MIT DER FRISUR SIEHST DU AUS, ALS WÄRST DU ZUM J-POP-STAR GEBOREN.

LUSTIG.

BIST DU GAR NICHT INS CAFÉ GEGANGEN?

NEIN, UNTERWEGS HAT ES ZU REGNEN ANGEFANGEN, ALSO BIN ICH WIEDER UMGEKEHRT.

FALLS DU KOFFEIN WILLST, ES IST GLAUB NOCH RED MULE IM KÜHL- SCHRANK ...

OOOOH, IST DAS NASS UND KALT!

ZUCK

GRUND- GÜTIGER!

BIST DU NACH LETZTER NACHT NOCH IMMER HUN- GRIG?

BRAUCHST DU EIN PAAR RATIONEN?

ICH WOLLTE NUR EINE UMAR- MUNG.

ES IST SÜSS, DASS DU SO EIN SCHMUSEBÄR BIST!

ABER ICH FÜRCHTE, ICH HABE KEINE ZEIT ZUM KU-SCHELN.

ICH MUSS DINAH VOM BABYSITTER HOLEN,

ZWEI VIDEOS AUFNEHMEN,

UND HEUTE ABEND HAB ICH NOCH EIN FOTO-SHOOTING.

DU SOLLTEST HEUTE NICHT AUF MICH WARTEN, ICH BLEIBE BEI MIR.

KÜSSCHEN

DU SOLLTEST BESSER HEISS DUSCHEN UND DICH ABTROCKNEN, BEVOR DU DICH NOCH ERKÄLTEST.

MACH'S GUT, BABE.

KLICK

DONNER

SEUFZ

DONNER

HABE ICH SIE RICHTIG VER-STANDEN, MISS YOUNG?

SIE SIND DAFÜR VORGESEHEN, EINE MULTIMILLIONEN-DOLLAR-FIRMA ZU LEITEN, WOLLEN DAS ABER GAR NICHT?

ICH WURDE NIE GEFRAGT, OB ICH DIE FIRMA ÜBERNEHMEN WILL, WENN MEIN DAD IN RENTE GEHT, VERSTEHEN SIE, CHARLES.

NACHDEM KLAR WAR, DASS ICH EINEN ABSCHLUSS IN COMPUTER-WISSENSCHAFTEN MACHEN WILL, WURDE FÜR MICH BE-SCHLOSSEN, DASS ICH DIE STELLE MEINES VATERS EINNEHMEN WÜRDE.

ICH VERSTEHE, DASS MEIN DAD SICHERGEHEN WILL, DASS ICH EINE GUTE KARRIERE HABE.

UND ICH WILL IHN GLÜCKLICH MACHEN.

ABER ES IST NICHTS, WAS ICH MIR SELBST AUSGESUCHT HABE.

WAS WÜRDEN SIE DENN GERN MACHEN?

SIE WERDEN LACHEN.

KÄME MIR NIE IN DEN SINN.

ICH WILL ENTWICKLERIN FÜR INDIE-SPIELE WERDEN.

HAT ES IHNEN GESCHMECKT, MISS YOUNG?

JA, DANKE, DASS SIE DIE RECHNUNG ÜBERNEHMEN.

ANGESPANNTE STILLE

. . .

CHARLES, ICH WEISS NICHT VIEL ÜBER SIE AUSSERHALB DER ARBEIT.

ICH WEISS, DASS SIE AUS WALES STAMMEN, UND VOR KURZEM HABE ICH ERFAHREN, DASS SIE FECHTEN.

ABER WAS SIND IHRE ANDEREN HOBBYS?

WAS MACHEN SIE ZUM VERGNÜGEN?

ACHSELZUCK

SIE WOLLEN MEHR ÜBER MICH ERFAHREN?

ALSO GUT.

141

KENNEN SIE ESCAPE ROOMS, MISS YOUNG?

ESCAPE ROOMS?

JA, DAS SIND INTERAKTIVE RÄTSEL-SPIELE, BEI DENEN MAN ÜBER EINE BESTIMMTE ZEIT IN EINEN RAUM EINGE-SPERRT WIRD.

DAS ZIEL BESTEHT DARIN, AUS DEM RAUM ZU ENTKOM-MEN, BEVOR DIE ZEIT ABLÄUFT.

ICH BIN SEIT MEINER KINDHEIT EIN LEIDENSCHAFTLICHER FAN VON RÄTSELN.

DESHALB BERATE ICH VIELE FIRMEN, DIE IN DER STADT ESCAPE ROOMS ANBIETEN.

WENN SIE EINEN NEUEN ESCAPE ROOM ENTWICKELN, HOLEN SIE MICH, UM DEM RAUM ZU ENTKOMMEN.

UND ICH GEBE IHNEN FEEDBACK, DAS IHNEN HILFT, DEN RAUM ZU VERBESSERN.

EINIGE HALTEN ESCAPE ROOMS FÜR EINEN KINDISCHEN ZEIT-VERTREIB UND GELD-VERSCHWENDUNG.

ABER ICH FINDE SIE ÄUSSERST UNTERHALTSAM UND ANREGEND.

DAS IST EINER DER GRÜNDE, WARUM ICH IHREN WUNSCH VERSTEHE, IHREN TRAUM ALS SPIELE-ENT...

DAS KLINGT SO **COOL!**

EIN GANZER RAUM ALS INTERAKTIVES RÄTSEL!

SOWAS WÜRDE ICH ECHT GERN MAL MACHEN!

WOW!

DAS ERKLÄRT IHRE BEOBACHTUNGS-GABE UND WARUM SIE SO GUT SCHLUSSFOLGERN KÖNNEN!

WIE COOL, DASS SIE SICH FÜR SOWAS INTERESSIEREN!

ALSO, WENN MAN MICH DAS NÄCHSTE MAL BITTET, EINEN RAUM EINZU-SCHÄTZEN, KÖNNEN SIE MICH JA BEGLEITEN.

SELBSTVERTRAUEN

ACH, ICH WILL IHNEN DA NICHT IM WEG SEIN.

UNSINN, MISS YOUNG.

SIE SIND ÄUSSERST INTELLIGENT, UND ICH BIN MIR SICHER, DASS SIE SICH DORT AUSGE-ZEICHNET SCHLAGEN WÜRDEN.

SELBSTVERTRAUEN

D-DANKE.

143

DANKE, DASS SIE MIT MIR ESSEN WAREN, MISS YOUNG.

ES WAR SCHÖN, MEHR ÜBER SIE ZU ERFAHREN.

ICH HÄTTE NIE GEDACHT, DASS SIE SICH FÜR RÄTSEL INTER-ESSIEREN.

MIR WAR EHRLICH GESAGT NIE KLAR, DASS SIE EINEN HANG ZU COMPUTERSPIELEN HABEN.

UND MACHEN SIE SICH KEINE SORGEN, WEIL SIE MIR DAS MIT DEM CEO-POSTEN ANVER-TRAUT HABEN.

ICH WERDE ES FÜR MICH BEHALTEN.

DANKE, CHARLES! ES WAR EINE ERLEICHTE-RUNG, ES MIR VON DER SEELE ZU REDEN.

HEISST DAS, SIE WERDEN AUFHÖREN, MICH AUS DER RESERVE ZU LOCKEN?

NEIN.

ABER AB JETZT MACHE ICH ES UM IHRETWILLEN, NICHT WEGEN DER FIRMA.

ICH WERDE SIE ALS ASSIS-TENTIN EINSTELLEN, UND WENN SIE MIR BEI MEINER ARBEIT HELFEN, DANN HELFE ICH IHNEN, SICH WEITERZUENTWICKELN.

SIE WASCHEN MEINE HAND ...

UND ICH WASCHE IHRE.

144

SIE MÜSSEN MIR NICHT WIEDER IHRE KLAMOTTEN GEBEN, CHARLES!

MIR MACHT DER REGEN NICHTS AUS.

MISS YOUNG, LASSEN SIE MICH MEINE ALTMODISCHE GENTLEMAN-SEITE AUSLEBEN. ICH WÜRDE ES MIR NIE VERGEBEN, WENN EINE DAME IN MEI-NER GESELLSCHAFT VOM REGEN DURCHWEICHT WERDEN WÜRDE.

UND WENN SIE SICH DAMIT UNWOHL FÜHLEN, DANN BETRACH-TEN SIE ES SO: SIE GEBEN DARAUF ACHT, DASS MEIN JACKETT TROCKEN BLEIBT, WÄHREND ICH DAS AUTO HOLE.

FEIN, ICH HALTE DIE JACKE FÜR SIE TROCKEN.

"PLITSCH" "PLATSCH"

ICH HOFFE, ES WIRD NICHT ZUR GEWOHNHEIT, DASS ER MIR SEINE KLAMOTTEN GIBT.

AN EINE SOLCHE BEHANDLUNG BIN ICH NICHT GEWÖHNT, UND ICH BIN MIR NICHT SICHER, OB SIE MIR GEFÄLLT.

SEIN RASIERWASSER RIECHT ALLERDINGS GUT.

ICH FÜHL MICH HÜBSCH.

WARUM KAUFE ICH DAS ZEUG?

ES SCHMECKT MIR NICHT MAL.

KLOPF *KLOPF*

KLICK

HALLO!

ICH KOMME IN FRIEDEN!

AUFZIEH

UND BRINGE GABEN!

ZERRISSEN

WUFF, WUFF, JAAAA— UUUU— UULL!!!

BIST DU HIER, UM ZU KÄMPFEN, LADY?

ICH WARNE DICH, ICH HABE MEHR ALS 100 KUNG-FU-FILME GESEHEN UND HEULE, WENN MAN MICH IN DIE ECKE DRÄNGT.

HAHA, KÄMPFEN? GANZ UND GAR NICHT!

DEE, DIE BESITZERIN DES CAFÉS, WOLLTE SICHERGEHEN, DASS DU DEINEN KAFFEE BEKOMMST.

ALSO HAT SIE MICH GEBETEN, IHN VORBEIZU-BRINGEN.

SABBER

ZUSAMMEN MIT EINER APFELTASCHE AUS DER BÄCKEREI IHRER MOM.

ABER WENN DU KEIN INTERESSE HAST, GÖNN ICH MIR DIE SACHEN.

WÄRE JA EINE SCHANDE, WENN SIE VERKOMMEN WÜRDEN.

A-AH, WARTE!

DREH.

WO DU SCHON EXTRA HER-GEKOMMEN BIST ...

LÄCHEL

MAMPF
MAMPF

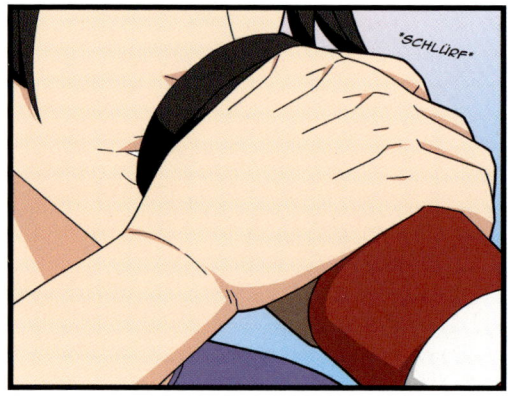

WOW, DAS IST VERMUTLICH DER BESTE KAFFEE UND DIE BESTE APFELTASCHE, DIE ICH JE HATTE!

DEE MACHT DEN BESTEN KAFFEE.

UND DIE BACKKÜNSTE IHRER MOM SIND LEGENDÄR.

SUCHT SIE NOCH EINEN SOHN?

KEINE AHNUNG, ABER ICH FRAG MAL.

"SCHLÜRF"

ICH WOLLTE MICH ÜBRIGENS FÜR DAS VERHALTEN MEINER FREUNDIN ANGELA ENTSCHULDIGEN.

SIE IST ZIEMLICH AUFBRAUSEND, ABER SIE ARBEITET DARAN.

EHRLICH, ALS ICH DIE TÜR AUFGEMACHT UND DICH GESEHEN HABE, DACHTE ICH SCHON, SIE VERSTECKT SICH AUF DEM GANG UND SPRINGT MICH GLEICH AN.

OH, ICH HAB SIE ABGEHÄNGT, KURZ NACHDEM DU GEGANGEN BIST.

Meine eine Schwäche!

WENN SIE WÜTEND IST, IST SIE WIE EIN CHARAKTER AUS EINEM ALTEN RPG UND KANN NUR NACH VORN STÜRMEN, ABER NICHT DIAGONAL LAUFEN.

GUT ZU WISSEN, DENN ICH MAG MEINE ZÄHNE, WO SIE SIND.

VER-STÄND-LICH.

ABER MACH DIR WEGEN ANGELA KEINE GEDANKEN, SIE WIRD SICH SCHON BERUHIGEN.

WIR DREI KENNEN UNS SCHON LANGE ...

ZITTER

ZITTER

UND ANGELA HAT IHRE GRÜNDE, WARUM SIE SAM BESCHÜTZEN WILL.

ICH BIN NICHT BLIND, MARSHALL,

MEINE AUGEN WIRKEN NUR GESCHLOSSEN.

WEDEL

WEDEL

ABER DEINE HAARE VERDECKEN AUCH DIE HÄLFTE VON DEINEM GESICHT! UND WIR ALLE HABEN FRAGEN DAZU!

ES WAR NETT VON DIR, MIT DEM ESSEN VORBEIZUKOMMEN, VIKKI.

UND DICH FÜR DEINE FREUNDIN ZU ENTSCHULDIGEN.

ABER DAS WAR NICHT NÖTIG.

DEPRESSION

PARKHAUS

TUT MIR LEID, DASS SIE NASS GE- WORDEN SIND, CHARLES.

IST SCHON GUT, MISS YOUNG.

ZUM GLÜCK HAB ICH EIN FRISCHES HANDTUCH IN MEINER FECHTTASCHE.

ICH ENTSCHUL- DIGE MICH FÜR MEIN UNGEPFLEGTES ER- SCHEINUNGSBILD.

MIT DER ZERZAUSTEN FRISUR SIEHT ER AUS WIE EIN BÖSEWICHT AUS SOLDIER MOON.

ER IST HÜBSCHER ALS ICH JEMALS SEIN KÖNNTE.

ICH HAB AUCH DAS HEMD HIER, DASS SIE SICH AUSGELIE- HEN HABEN.

GREIF

SOBALD SIE ZUM BÜRO GEHEN, ZIEHE ICH MICH UM ...

ZUCK

AAAH!

CHARLES, STIMMT WAS NICHT?

ALLES IN ORDNUNG, DANKE.

SIND SIE SICHER?

ES SAH SO AUS, ALS WÄREN SIE VOR SCHMER-ZEN ZUSAMMEN-GEZUCKT.

ICH VERSICHERE IHNEN, DASS ES MIR GUT GEHT, MISS YOUNG.

WENN SIE MICH JETZT ENTSCHUL-DIGEN ...

ZIEH

ICH WÜRDE GERN DAS NASSE HEMD LOSWERDEN.

OH, R-RICHTIG, NATÜRLICH!

ICH WEISS EIN PUBLIKUM ZU SCHÄTZEN, MISS YOUNG.

ABER DARF ICH MICH BITTE ALLEIN UMZIEHEN?

ACH JA!

NATÜRLICH!

ABSOLUT!

GOTT, JA, ICH GEHE!

ES IST NICHT SO SCHLIMM, WIE ES AUSSIEHT, MISS YOUNG.

BITTE, MACHEN SIE SICH DESHALB KEINE SORGEN.

SANFT BEISEITE SCHIEB

UNTERSUCH

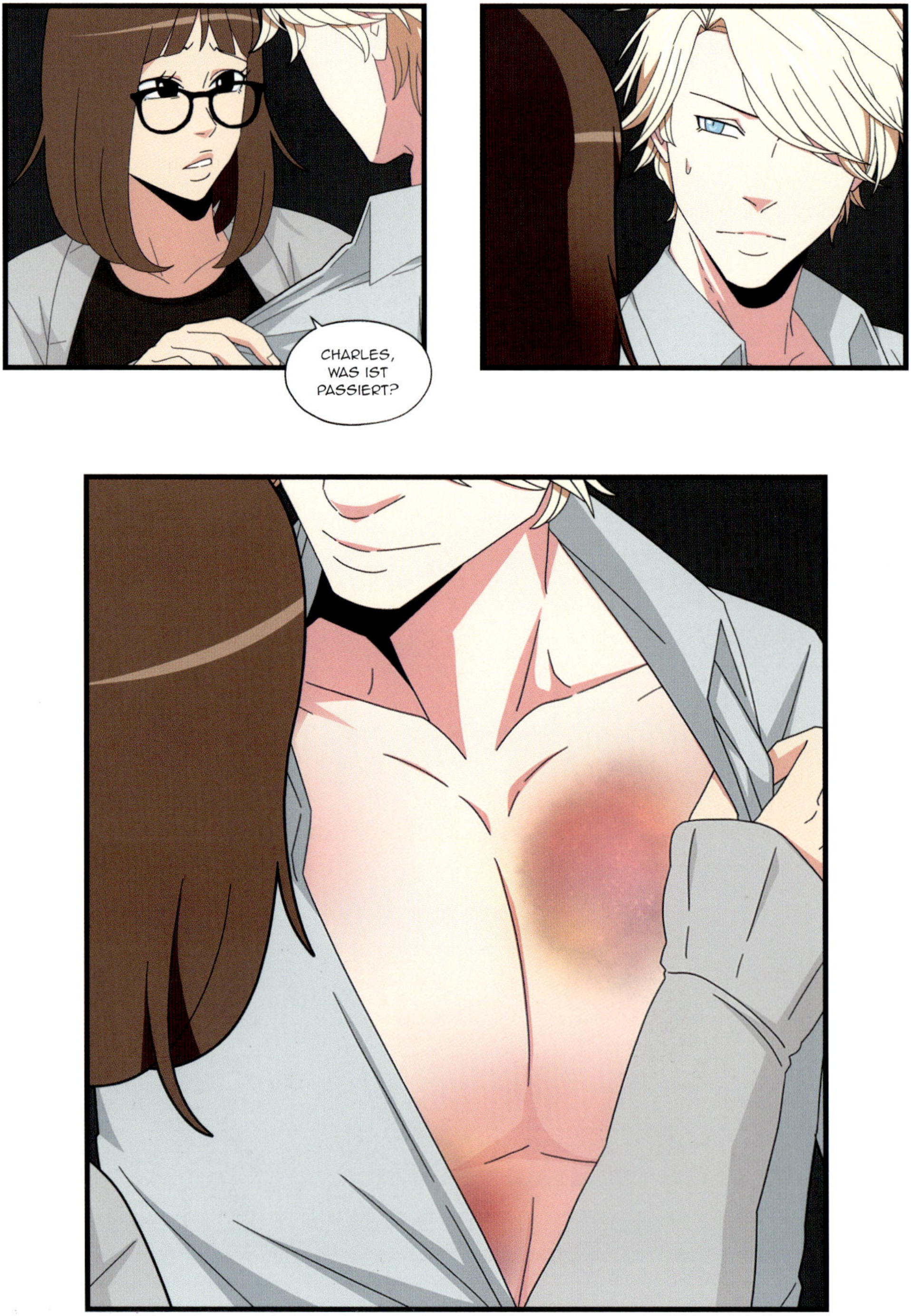

CHARLES, WAS IST PASSIERT?

ES IST NETT VON IHNEN, DASS SIE SICH SORGEN, MISS YOUNG.

ABER ICH WAR SELBST SCHULD.

NACHDEM ICH GESTERN ABEND MIT DEM FECHTUNTERRICHT FERTIG WAR ...

KAM JEMAND AUS DEM CLUB ZU MIR UND HAT MIR ZIEMLICH DIREKT UNTERSTELLT, ICH WÄRE EINGEROSTET, SEIT ICH UNTERRICHTE.

DIE PERSON HAT MICH DANN ZU EINEM DUELL HERAUSGE-FORDERT.

DA DER FEHDEHANDSCHUH GEWORFEN WORDEN WAR, MUSSTE ICH ANNEHMEN.

ALSO SIND WIR GEGENEIN-ANDER ANGE-TRETEN ...

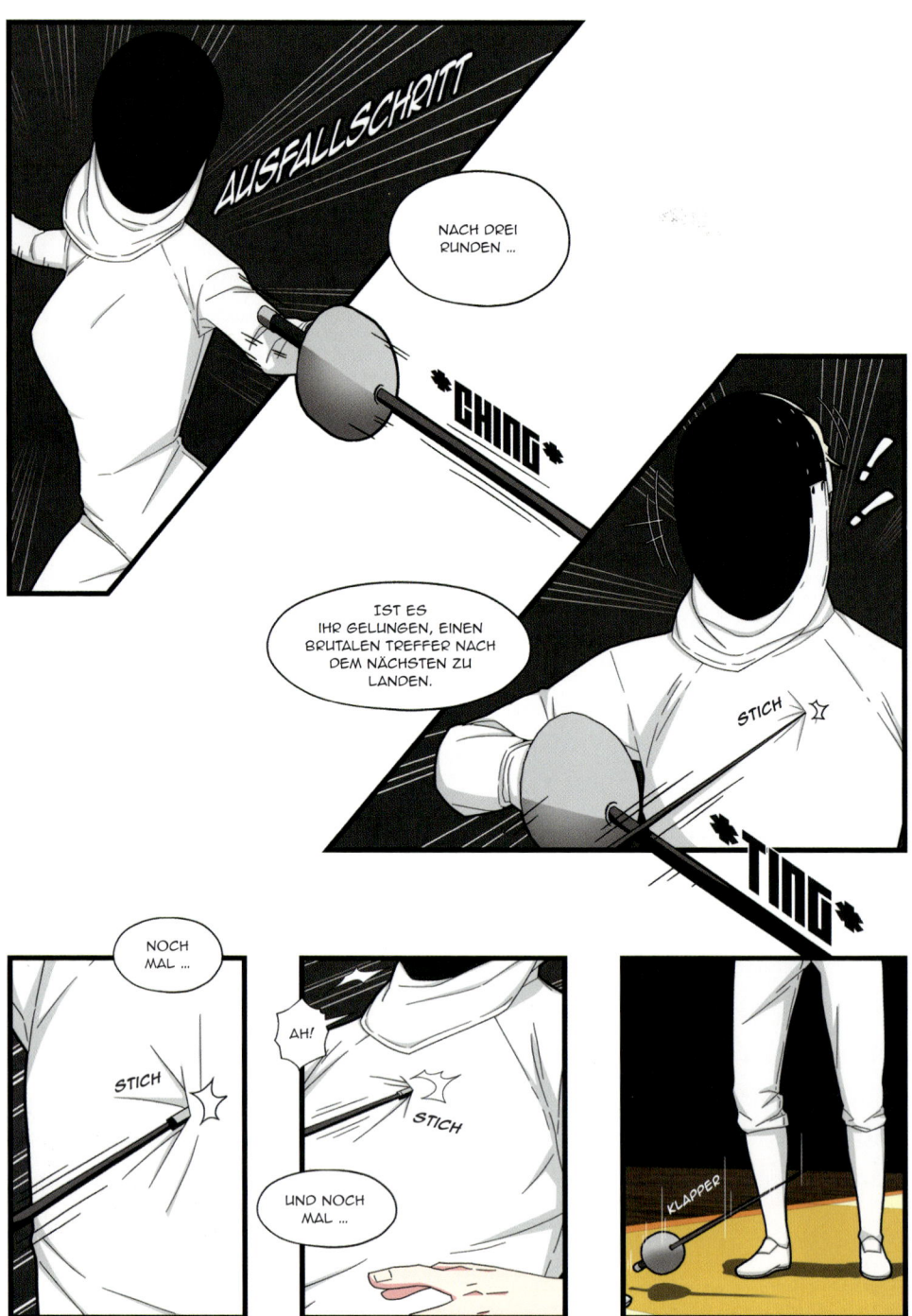

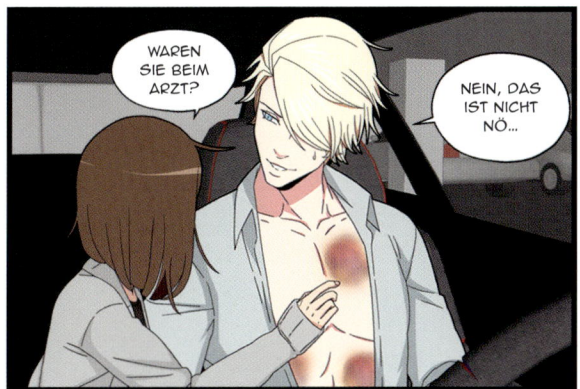

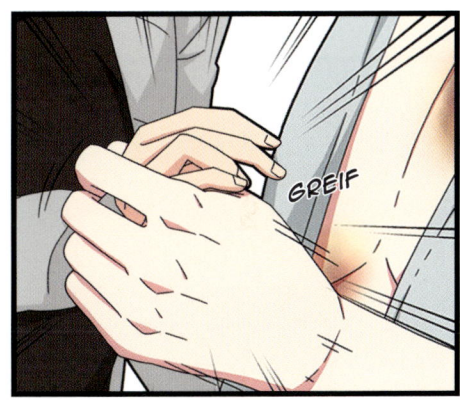

ERKENNTNIS

173

ES TUT MIR SO LEID, CHARLES!

ICH HAB MIR NUR SOLCHE SORGEN GEMACHT WEGEN DER BLAUEN FLECKE ...

BIN ICH BLIND?

WEDEL

WEDEL

DA HAB ICH GAR NICHT GEMERKT, DASS ICH SIE AUSGEZOGEN HABE! ICH SCHWÖRE, DAS IST NICHT MEINE ART!

SIE MÜSSEN SICH NICHT ENTSCHULDIGEN, MISS YOUNG.

SIE WOLLTEN NUR HELFEN.

ALLERDINGS SOLLTEN SIE JETZT BESSER INS BÜRO GEHEN.

J-JA, NATÜRLICH!

B-BITTE GEH AUF.

KLICK

KLICK

SCHLIESS

KLICK

IHR GING ES GUT, ALS SIE MICH VORHIN VERLASSEN HAT.

VIELLEICHT IST IHR AUF DEM RÜCKWEG WAS PASSIERT?

WO WAREN SIE MIT IHR?

WIR WAREN ESSEN UND HABEN ÜBER DIE ARBEIT GE-SPROCHEN.

DA WIR GERADE DAVON REDEN ...

ICH HALTE ES FÜR DIE ZU-KUNFT DER FIRMA WICHTIG, DASS ICH SIE DARÜBER IN KENNTNIS SETZE ...

WAS IHRE TOCHTER DAVON HÄLT, DIE NÄCHSTE CEO VON YOUNG TECHNOLOGIES ZU WERDEN.

LÄCHEL

DANKE, DASS DU VORBEI-GESCHAUT UND DIE SACHE GEKLÄRT HAST, VIKKI.

UND FÜRS ESSEN.

WAR MIR EINE FREUDE.

ICH UNTER-RICHTE ÜBRIGENS YOGA UND MEDITATION IN EINEM STUDIO NICHT WEIT VON HIER.

FALLS DU MAL EINE PAUSE BRAUCHST, SCHAU DOCH MAL VORBEI.

HIER IST MEINE KARTE.

YOGA?

ICH BIN NICHT BESONDERS GELENKIG.

HAHA, MAN MUSS FÜR YOGA NICHT GELENKIG SEIN.

DANKE, ICH SCHAU'S MIR MAL AN.

SO, WIE SIE MIT MIR GEREDET HAT ...

ES WAR, ALS WÜSSTE SIE ETWAS, WAS ICH NICHT WEISS.

ICH GLAUBE NICHT, DASS DAS ZU MIR PASST.

VICTORIA WILLOW SONG
YOGA- UND MEDITATIONS-LEHRERIN
Namaste Studio

ALLERDINGS WÜRDE ICH IN YOGAHOSEN GUT AUSSEHEN.

DEN HINTERN DAFÜR HAT ER.

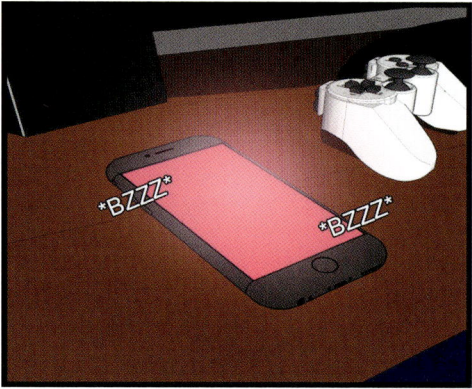

BZZZ

BZZZ

17:13

Hi Babe!

Ich hoffe, du hast nicht vergessen, dich abzutrocknen, bevor du dich an den Computer gesetzt hast!

G

17:15

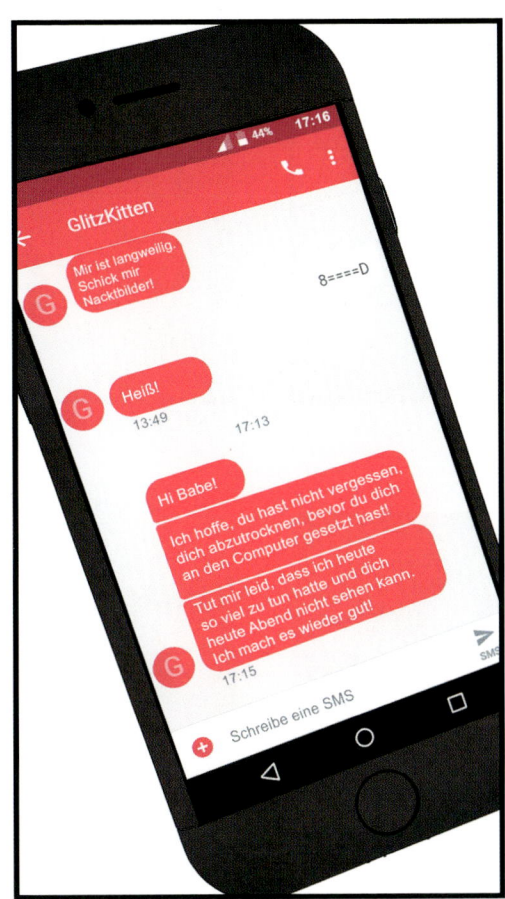

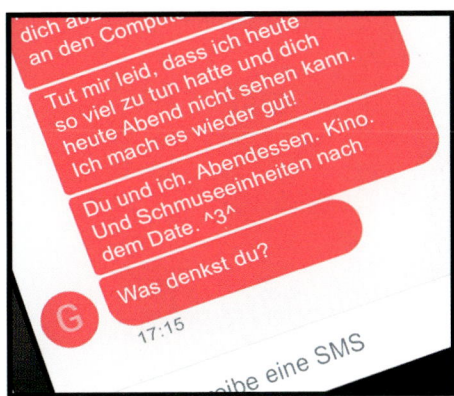

EINATMEN

UND WAS FÜR EINE WOCHE.

AUSATMEN

ICH MUSS NOCH ALLES FÜR DEN RAID HEUTE ABEND VORBEREITEN.

RASCHEL

UND MIT BOWSER GASSI GEHEN UND WAS ZU ESSEN BESTELLEN, BEVOR WIR UNS EINLOGGEN.

HE, BOWSER! WOLLEN WIR RAUS, DAMIT DU MAL AUFS KLO KANNST?

KRATZ
KRATZ

B-BOWSER?

Ich war nicht auf ihn vorbereitet. Nicht auf seine Dunkelheit. Nicht auf die Unterwelt. Doch ich hatte keine Angst.

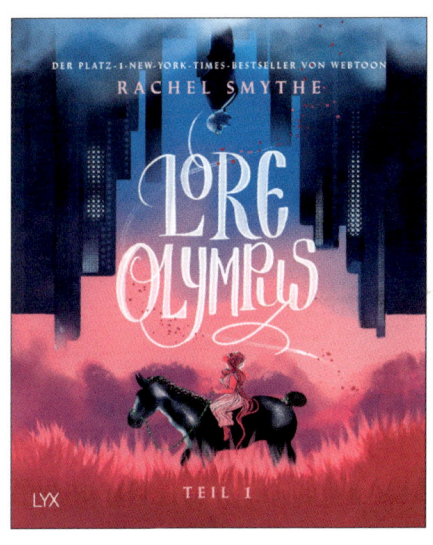

Rachel Smythe
LORE OLYMPUS
- TEIL 1
Der
Nummer-1-NEW-YORK-
TIMES-Bestseller-Webtoon
Aus dem amerikanischen
Englisch von
Hannah Brosch
384 Seiten
ISBN 978-3-7363-1874-8

Als Persephone ein Stipendium erhält und dem Kreis der Göttinnen Ewiger Jungfräulichkeit beitritt, ist es ihr erlaubt, endlich in die aufregende und glamouröse Hauptstadt der Götter zu ziehen. Aber auf einer Party verändert sich ihr Leben für immer: Sie trifft Hades und kann der Anziehungskraft nicht widerstehen. Plötzlich muss Persephone ihren Platz in dem komplizierten Geflecht aus Politik, Beziehungen und Geheimnissen finden, von dem Olympus beherrscht wird – und ihr Herz beschützen, das sie längst an Hades verloren hat ...

»LORE OLYMPUS ist erfrischend modern und überraschend ergreifend!« JENNIFER L. ARMENTROUT

Fortsetzung folgt …